水木しげるのラバウル従軍後記

トペトロとの50年

水木しげる

中央公論新社

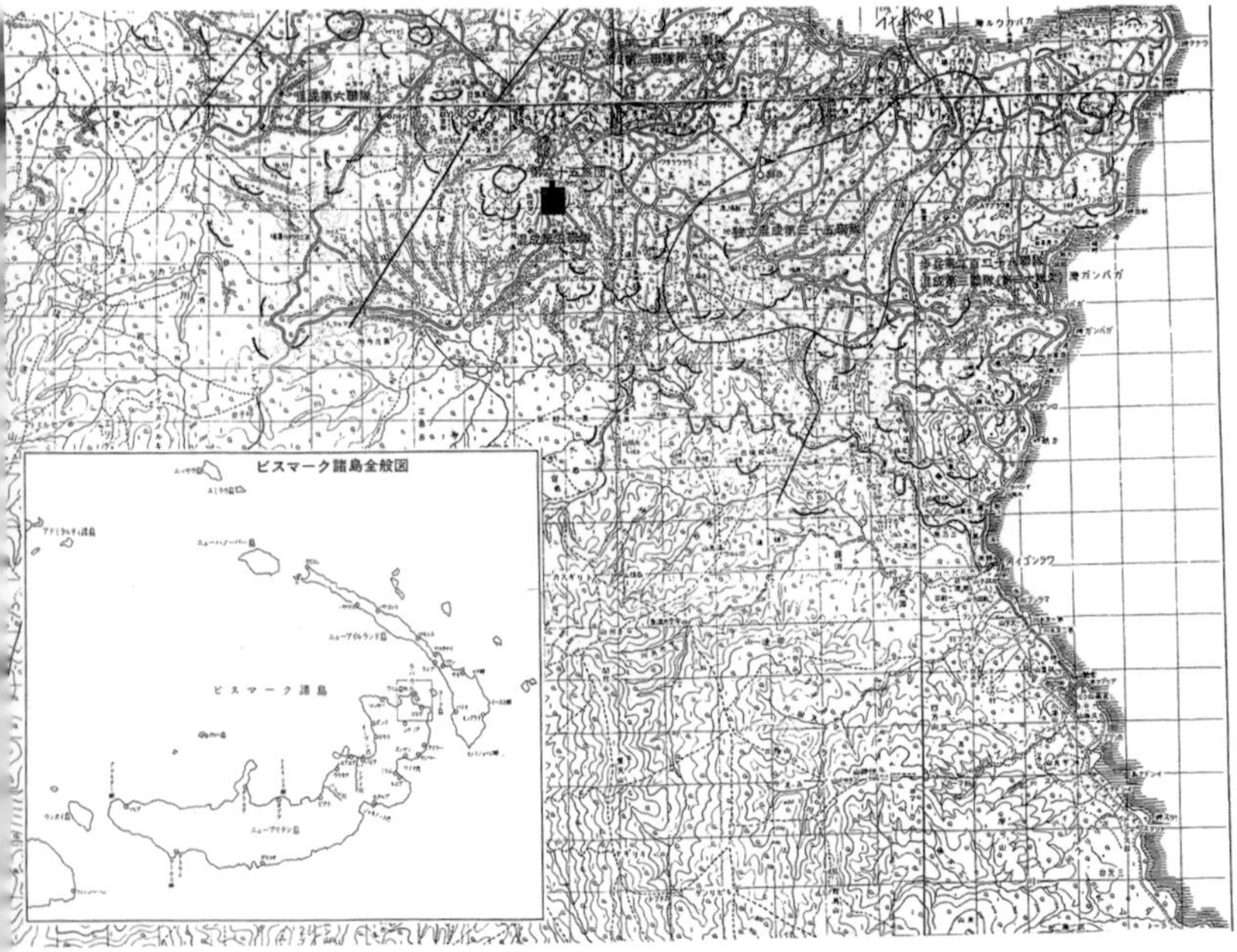

▲戦争中の現地付近の地図（著者所有）

目次

はじめに

人生というものは不思議なものである。

偶然の導きによって、南方はラバウルにおもむき、そこの少年トペトロと交遊して五十年になる。平成五年に彼が亡くなったところで、この交遊の歴史は終わるのだが、その間に撮った写真の数はアルバムにして実に十二冊に及んだ。

何気なくながめていると、五十年の重いドラマが伝わってきて、そのままにしておくのも惜しいような気がして一冊の本にしてみる気になった。

トペトロとの交遊というのは、偶然のたわむれみたいなもので、二人ともこれといった目的も意味も考えず、過ぎてみたら五十年経っていた。

私はその何もない無意味な交遊が面白かった。

人生そのものがだいたい、何もないものかもしれない。

一九九五年七月

水木しげる

トペトロとの出会い

私は鳥取県の境港市に生まれた。よく寝てよく遊ぶ子供だった。

夏は朝から夕方まで海にいて、真っ黒になった。

昼は貝を採って食べたり、うにを石で割って食べたりしていた。時々魚釣りをしているバカなおじさんがいて、魚を釣るとすぐに包丁とまな板を持ってきて、刺身にして醤油をつけて食べる。早くさばかないと、味が逃げるとでも思っているのだろう、す早く料理をして食べるのだ。私はその手伝いをさせられて、新鮮な魚を食べるのはおいしいものだと思った。

私は時折、隣村とケンカしてみたりして、毎日遊びの日々だった。

そういう生活が一生続くだろうと思っていた。

ところが戦争が始まった。

昭和十六年の十二月八日、家で寝ていると、ラジオが南太平洋方面とかで日本が戦争状態に入ったと報じたかと思うと、「軍艦マーチ」が始まり、一日中やっていた。

明くる日の新聞を見ると、大きな字で戦争のことが書いてあった。

「これから日本、いや自分自身はどうなるのだろう」と、不安を感じた。

いずれ軍隊に引っ張られ、苦しい目に遭って死ぬのだろうか。菓子でも食べて考えようと思ったが、菓子屋には菓子のビンだけしかなかった。

間もなく配給制になって、ものをたらふく食べられなくなってしまった。

人よりも胃が丈夫だったから、糧道《りょうどう》を断たれるような生活は苦手だった。

間もなく召集令状が来て鳥取連隊に入れられた。

明くる日の入隊時刻は早いというので、みんな近くの宿屋に泊まった。

とにかく、これから先どういうことになるのか、両親も私も不安だった。

新聞とかラジオは、初めは勇ましいニュースを報道しみんなを喜ばせたが、入営するころはミッドウェーの敗戦、ニューギニア、ガダルカナルの敗戦と、あまり良くないニュースばかりだった。

私は陸軍、兄は一足先に海軍の高射砲隊で、お互いにニューギニア、ラバウルあたりをウロチョロしていたが、戦争中は会わなかった。

軍隊に入ると、とにかく毎日歩かされた。浜坂という砂浜で駆け足をやらされたが、なにしろ下が砂だから、なかなか前へ進めない。前へ進めないと、後ろから殴るしきたりだったから、いやでも前へ進まなければいけない。そうすると、砂粒一つ入らないはずの軍靴の中へ砂が、しかも足が痛くなるほど入ってくるのだ。

靴が砂で占領されんばかりで、足が痛い、一体どうなるんだろうと思っているうちに、夕方になり帰隊となるが、砂浜から八キロばかり歩いて連隊に着くと、なんと靴の中に砂が一粒も残っていない。私は今でも、それを不思議に思っている。

軍律よりも、むしろ、奇妙な不思議さに関心はいっていた。

そうこうしているうちに、南方はラバウルに行かされた。

我々の前の船団も我々の後に続く船団もまた全

部やられたので、我々だけがラバウルにかろうじてたどりついた。我々が最後の隊となったため、私は最後まで初年兵の待遇だった（不運というべきだろう）。
さらに不運なことに、私はズンゲン守備隊という、地の果てみたいなところの、そのまた先の最前線に行かされた。歩哨中敵に襲われ、幸運にも私一人助かったが、爆弾で手をやられ、ラバウルに引き下がった。この間は全く難行苦行だった。

ここがズンゲンというところ。少し小高い所に兵舎があり、戦争さえなければとてもいいところだった。

ラバウル近くのナマレというところに、戦争には役立たない、手足のない兵隊などが集められ、畑仕事をさせられた。

穴（防空壕）に寝ていたが、朝の六時が点呼で、私はいつも一番遅かった。すなわち、人よりも一秒でもよけい寝ていたいという努力の現れで、昼間もあまり作業をやらず、現地人（トライ族）の家に入りびたっていた。兵隊には果物なんかを持って帰ってやって、なんとか平穏無事に交際していた。

私は現地人に気に入られたのだ。私もまた、奇怪な現地人を珍しく思い、面白がった。そこにトペトロ少年がいたのだ。

後年、妖怪を描くことになったが、すべて彼らの愛嬌ある雰囲気がかたちになったものかもしれない。

運悪くマラリヤとなり、治ったりまた患ったりで、なかなか完治しなかった。

初めは〝マラリヤ三日熱〟といって三日間で熱が下がるが、慢性になると〝十日熱〟となり、十日間は熱が下がらない。

四十度くらいの熱が十日も続くと、さすがに胃の丈夫な私も、ものが食べられなくなる。

それだけではない。アタマがおかしくなる。

私は雨の日の夜、熱があるのに外出して道に迷い、ジャングルの中で倒れていたことがあった（何がなんだかわからなかった）。

誰にも気づかれないと、そのまま死んでいたかもしれない。ほかの兵隊が捜しに来てくれたので助かった。その時は深く考えなかったが、〝人〟は助けてくれるわけだ。

まあ運がよかったのか、体が丈夫だったのか、再び元気になった。

少しくらいアタマのおかしいところはそのまま残ったのかもしれないが、とにかく元気になり、谷底から這い上がってはトペトロのところへ行っていた。

私は自然に、なんとなくここに住みたいと思うようになった。

向こうのほうも気に入ってくれて、私のための畑を作ってくれたりした。

終戦の時大騒ぎになった。とにかく日本に帰るな、と言う。私も迷い、軍医に相談すると、一度日本に帰ってからまた来たらよいと助言された。そこで三年経ったら来ることにして別れた。別れる時、家を作ってやるし広い畑も与える、もちろん〝花嫁〟も、と彼らは言った。惜しい条件だなぁと思いながらも復員した。

私は復員すると、鳥取県の境港市の自宅に落ちついた。
これはその時、家の近くの海岸を写生したものである。
これで何となく生き返ったという実感がわいた。

私の実母である。右に奇妙なものがぶらさがっているのは、干し柿である。戦後何もない時だったが、どこから手に入れるのか私たちは〝米〟を食べていた。今から思えば不思議なことだ。

家の前から漁船を描いたもの。

私は子供の時から船が好きだった。

昔はこの入り江に二等駆逐艦が入ってきてよく遊びに行った憶えがある。

その中の下士官に気に入られ、「この子をくれないか」と母は言われて困っていたことがある。

親父である。
まだこの頃は若く、元気だった。
定職もないようなのに、よくカネの計算をしていた。
カネもなかったはずだが……とすると、ソロバンの練習でもしていたのかもしれない。

兄の嫁。兄はこの時まだ復員していなかった。
子供が一人おり、元気だった。
手前に見えているのは写生してる私の「手」である。

復員してきたころの心象風景。
残っていたクレパスで描いた。
これは通常〝離れ〟と呼んでいた
六畳間であるが、なんとなく空しい
ような、奇妙な気分だった。

これも〝離れ〟だ。新聞紙と兄の子供の赤い靴下がそれこそ、空しく置かれていた。
これから一体どうなるのだろう。
……ということはあまりにも大きな問題で、考えないようにしていた。

これは八畳の部屋から海岸を見た風景。日当たりがよく、美しかったが、やはりなんとなく空しかった。

とにかく先のことは考えないようにしていた。

海岸通りは静かで、どうしたわけか人が一人も通らない。

おそらく町中が〝放心〟していたのだろう。

戦争中は空襲やなにやらでにぎやかだったが、戦争が終わってしまうと、なんともいえない虚脱感があった。これは台場公園というところまで行く道。子供の時よく裸で通ったものだ。

今はもうこういう風景はない。

中央の人物が私である。

いうなれば戦争というハンマーで頭を殴られたような気持ちで、〝脳みそ〟が思うように働いてくれないのだ。

落ちつくと同時に〝戦争のショック〟が襲ってきたのだ。

戦死した戦友の帽子をあずかって現地から帰ってきたのだが、遺族の元へ持ってゆく気分にもなれず、そのままにしておいた。

境港市の「里見」という、私より四つばかり上の兵隊がやはり〝戦死〟した。

その母親がやってきて「里見」の話をした。私は用心深いというのか、メガネを三つも戦地へ持って行っていたから、「里見」がメガネをなくし困っているというので、一個メガネをやったことがある。

その話を聞いて、母親はワッと泣き出し、私も大いに驚いた。

というわけで、戦友の帽子を持ってゆく元気が出なくなってしまったのだ。

父親は朗らかな人だったから、いつもお茶の時には人を笑わせていた。

中央にあるのは、コーヒー沸かし器である。どこからコーヒーを見つけてきたのかは謎中の謎である。

こういう時にコーヒーなんぞあるはずはないのだが、父はどこからか見つけてくるのだ。

兄の嫁さんが米子から来ていた。
これも朗らかな者だった。まさかこの人に水木プロを手伝って
もらうなぞということは、夢にも思っていなかった。

これは兄の娘。私の親父に可愛がられていた。

どうやって生活していたのかよくわからなかったが、なんだか豊かそうな感じがした。今でも不思議に思っている。

父は超能力者だったのかもしれない。いわゆる〝ヤミ〟という統制外の商品を売買していたのかもしれない。

とにかく、私は境港にいつまでもいるわけにもいかない。しばらくして神奈川県の国立相模原病院（旧第三陸軍病院）に戻った。しかし、病院でじっとしていても一文にもならないから、東北に米の買い出しに行ったりしていた。

26. 6. 15

病院にいつまでいても仕方がないので、私は病院を出て、魚屋や〝リンタク〟なぞやりながら「武蔵野美術学校」に行った。

左はその時、〝奇人〟に興味を持っていたので、美術学校の中の〝奇人〟を描いてみたものである。

デッサンもさることながら私は〝奇妙な人〟に子供の時から興味を持っていた。

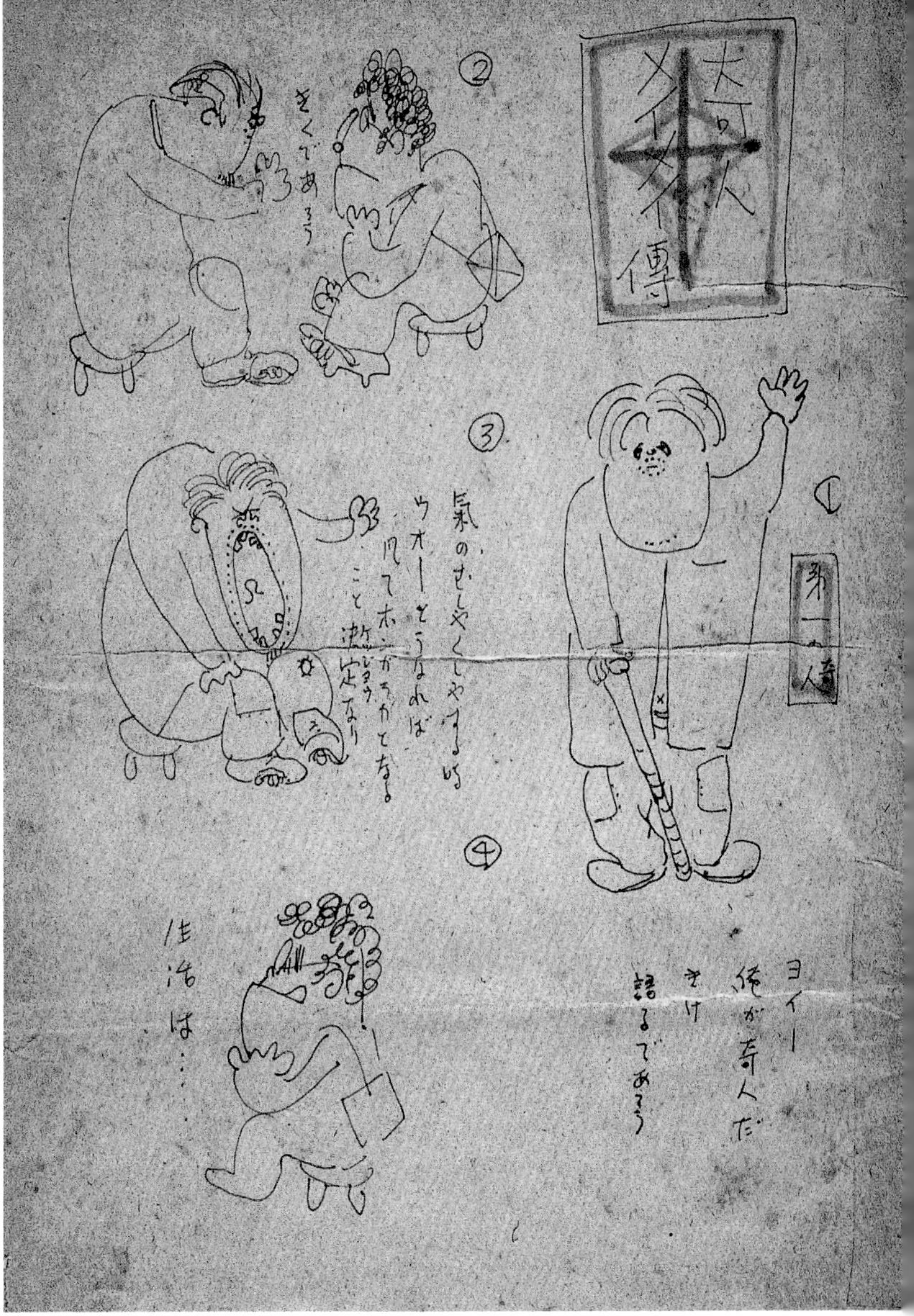
奇人メイ人傳
第一奇人
①
ヨイー
俺が奇人だ
きけ
語るであろう
②
きくであろう
③
氣のむしやくしやする時
ウオーとうなれば
凡てホガラカとなる。
こと激定なり
④
生活は……

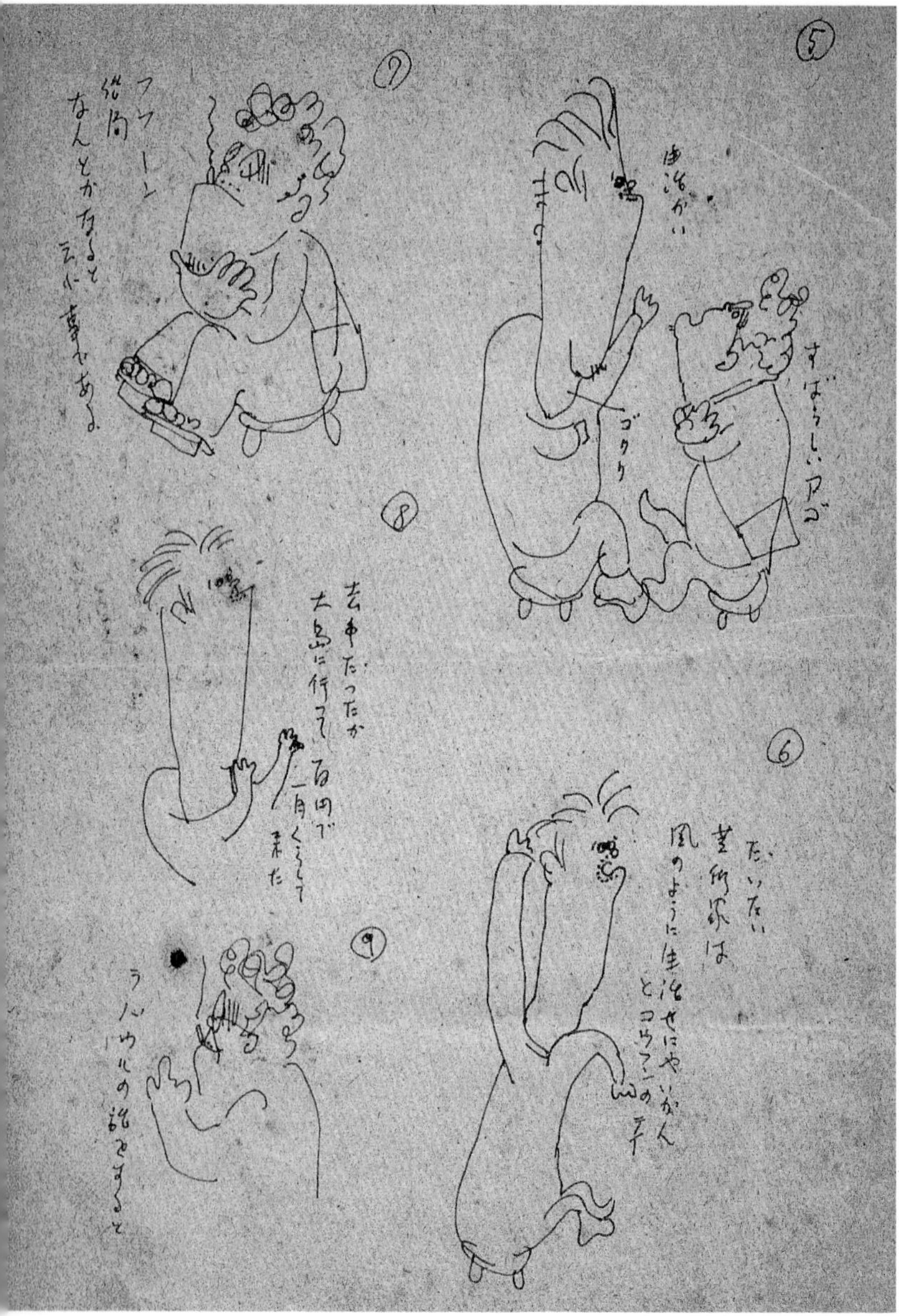
⑤
生活かい
まあね
ゴクリ
すばらしいアゴ
⑥
だいたい芸術家は風のように生活せにゃいかん
とコウフンのテイ
⑦
フフーン
世間なんとかなると云ふ事である
⑧
去年だったか大島に行って百円で一月くらして来た
⑨
ラバウルの話をすると

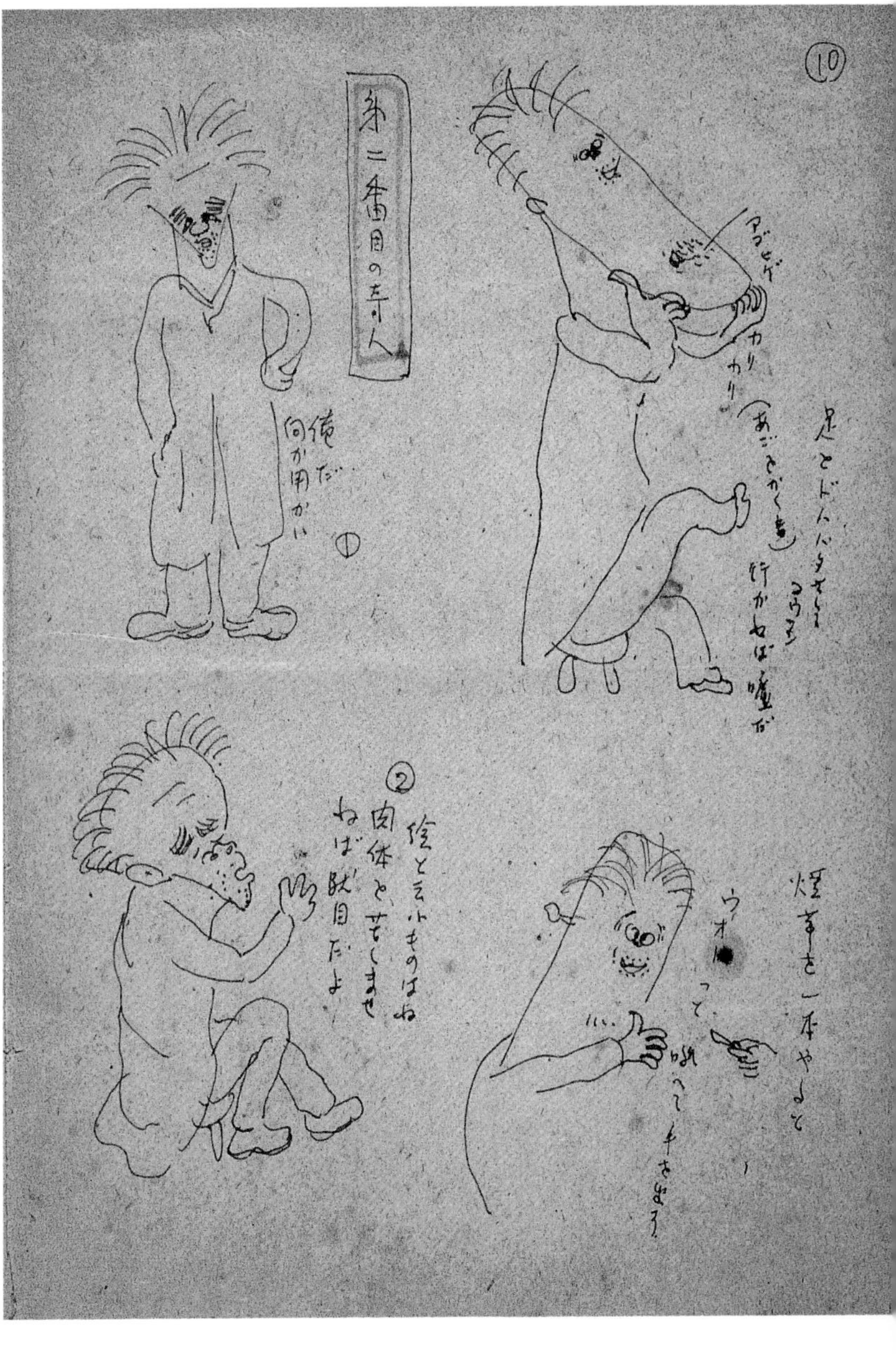
⑩
第二番目の奇人
俺だ… 何か用かい
①
アゴヒゲ
カリ カリ (あごをかく音)
足をドんバタさせて (ウウン) 行かねば嘘だ
②
絵と云ふものはね 肉体を苦しませねば駄目だよ
煙草を一本やると
ウオー って咥へて去る

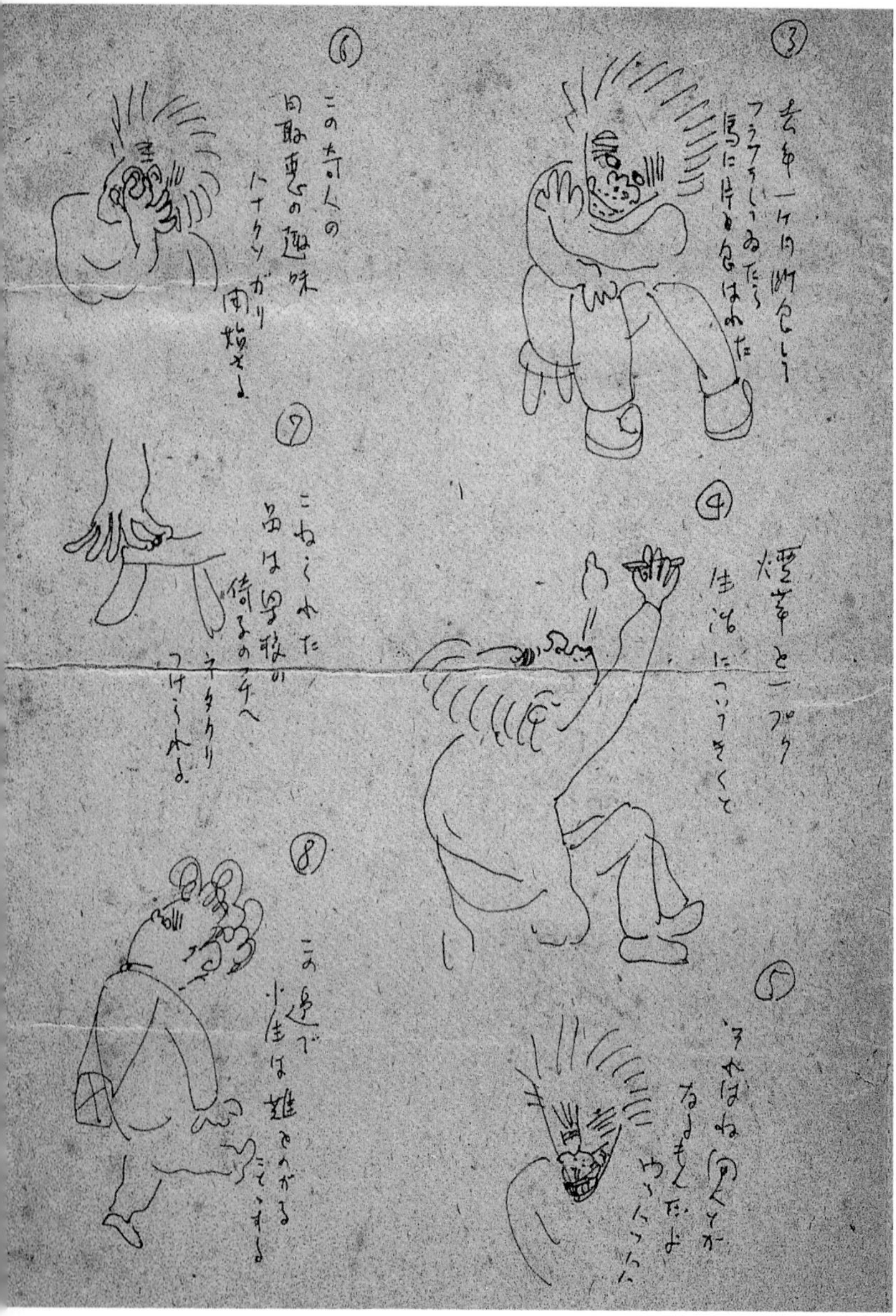
③
去年一ヶ月断食して
フラフラしていたら
馬に片を食はれた
④
煙草と一ぷく
生活についてきくと
⑤
それはね 何とか
なるもんだよ
わっはっはっ
⑥
この奇人の
目取悪の趣味
ハナクソほり
開始する。
⑦
これくれた
品は学校の
椅子のフチへ
ネタクリ
つけられる。
⑧
この辺で
小生は難をのがる
ことにする

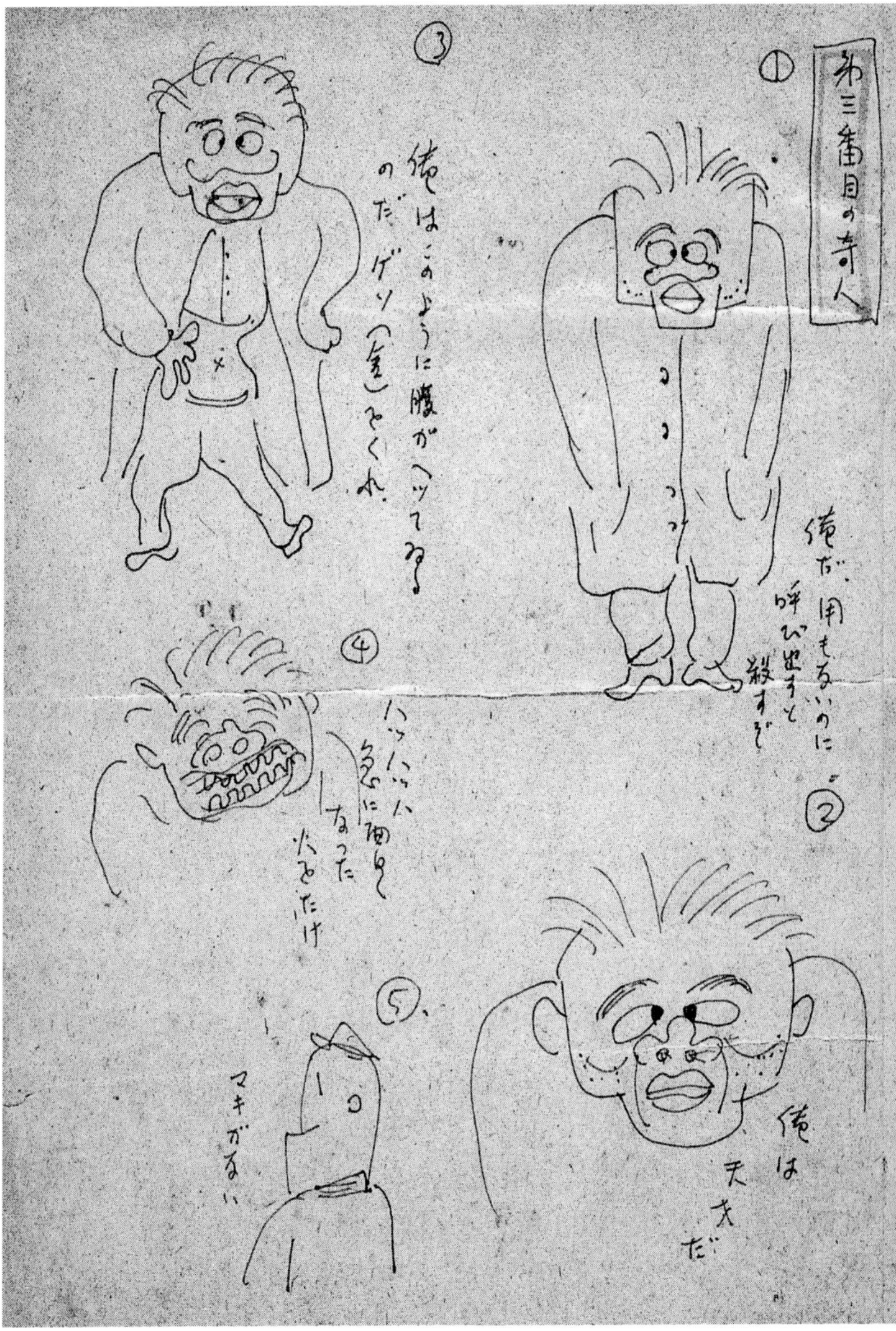
第三番目の奇人
①
俺だ 用もないのに
呼び出すと
殺すぞ
②
俺は
天才だ
③
俺はこのように腹がヘッてるのだ
ゲソ(金)をくれ
④
ハッハッハ
急に寒く
なった
火をたけ
⑤
マキがない

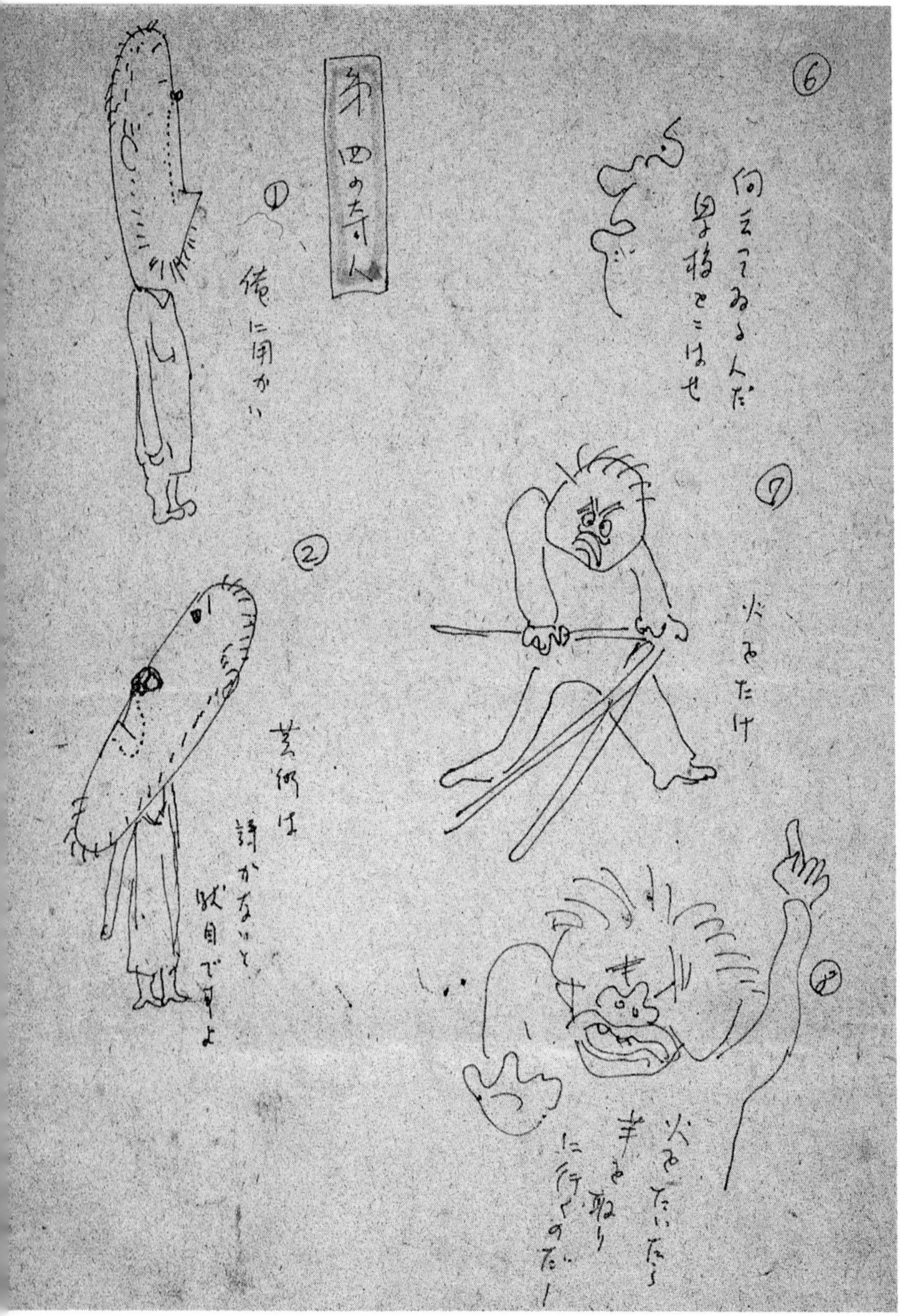

第四の奇人
①
俺に用かい
②
芸術は
詩がないと
駄目ですよ
⑥
何云つてゐる人だ
身柄をとばせ
⑦
火をたけ
⑧
火をたいたら
芋を取り
に行くのだ！

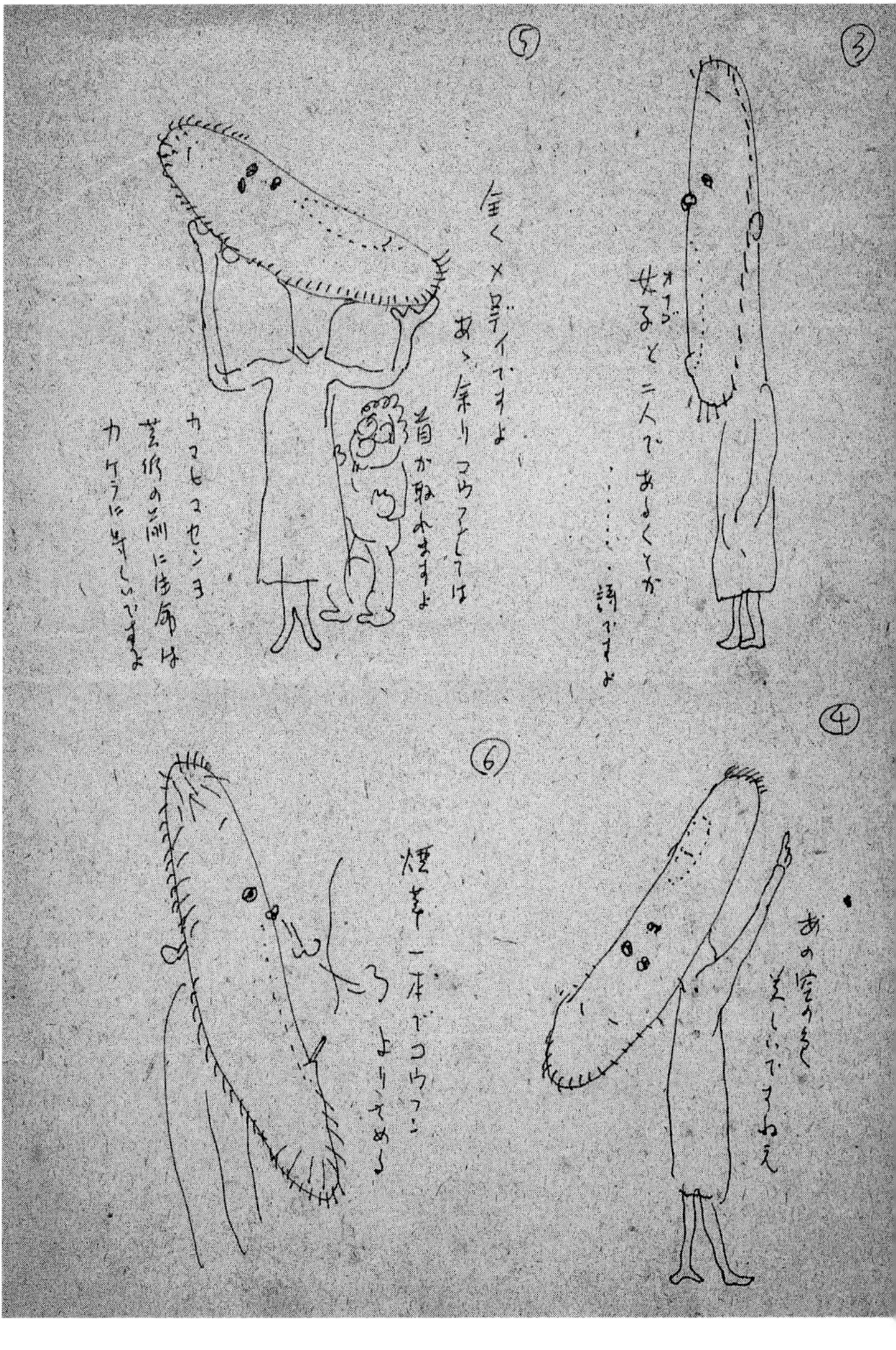
③
女子《オナゴ》と二人であるくとか
……詩ですよ
④
あの空の色
美しいですねえ
⑤
全くメロディですよ
あゝ余りコウフンしては
首が疲れますよ
カマヒコセンセ
芸術の為に生命は
カケラに等しいですよ
⑥
煙草一本でコウフン
よりさめる

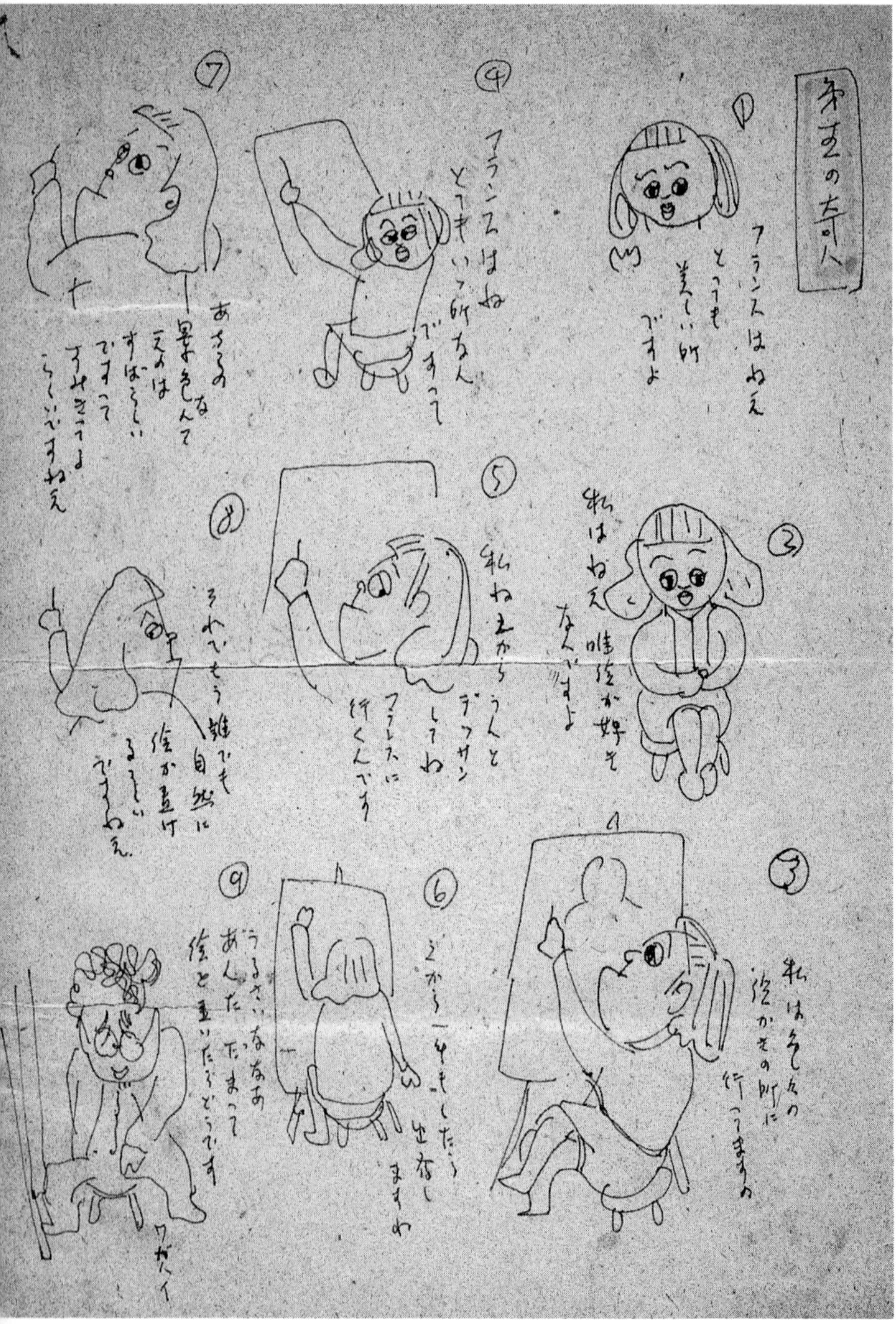
未来の奇人
①
フランスはねえ
とっても
美しい所
ですよ
②
私はねえ
唯絵が好き
なんですよ
③
私は色々の
絵かきの所に
行ってますの
④
フランスはね
とってもいい所なん
ですって
⑤
私ね去から うんと
デッサン
してね
フランスに
行くんです
⑥
そから一年もしたら
出発し
ますわ
⑦
あちらの
景色なんて
空のは
すばらしい
ですって
すみきってよ
らしいですねえ
⑧
それでもう誰でも
自然に
絵が画け
るらしい
ですねえ.
⑨
うるさいなあ
あんたまって
絵を画いたらどうです
ワガハイ

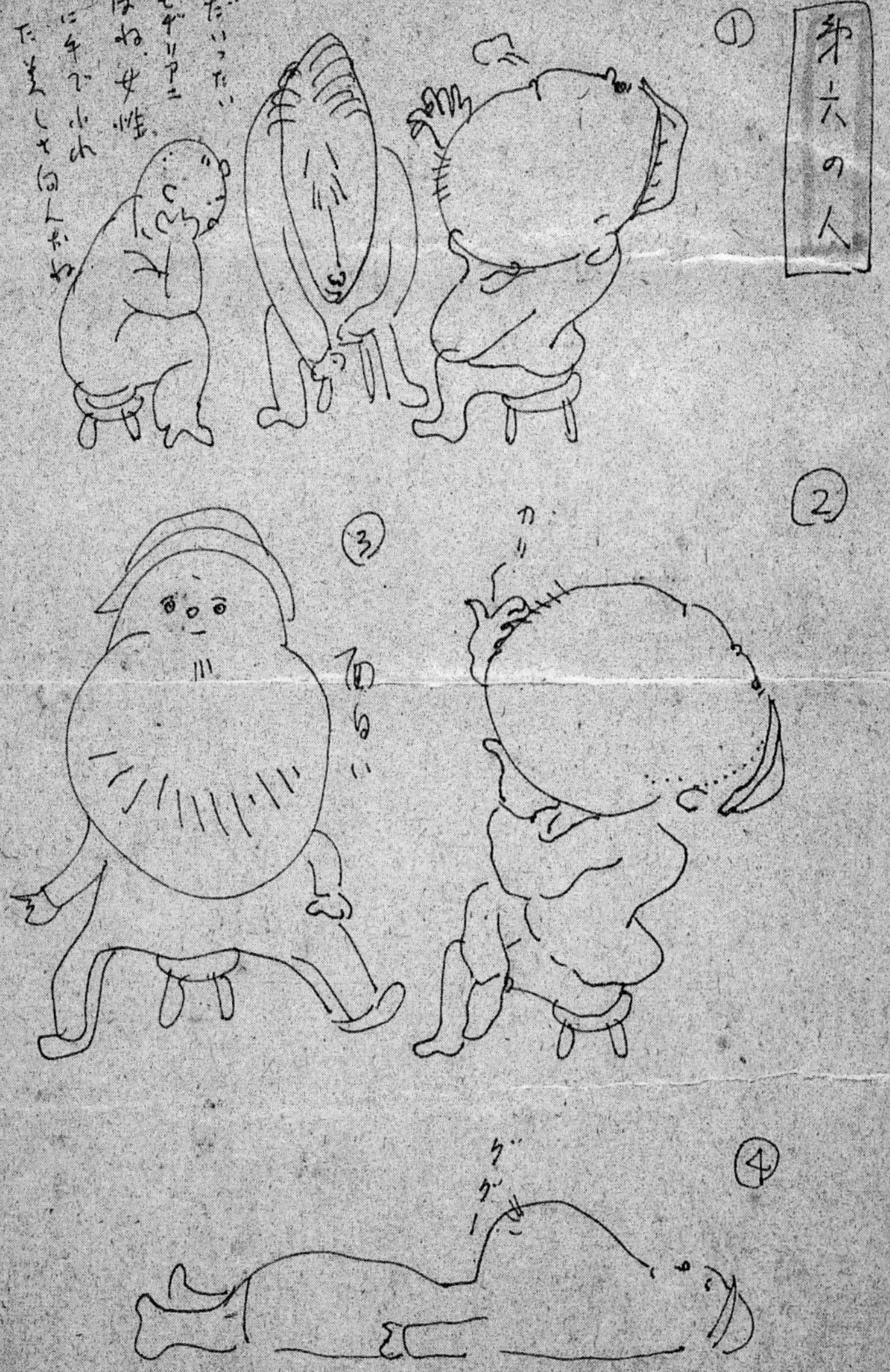

第六の人
①
だいったいモヂリアニはね。女性に手でふれた美しさなんだね
②
カリ
③
④
ググー

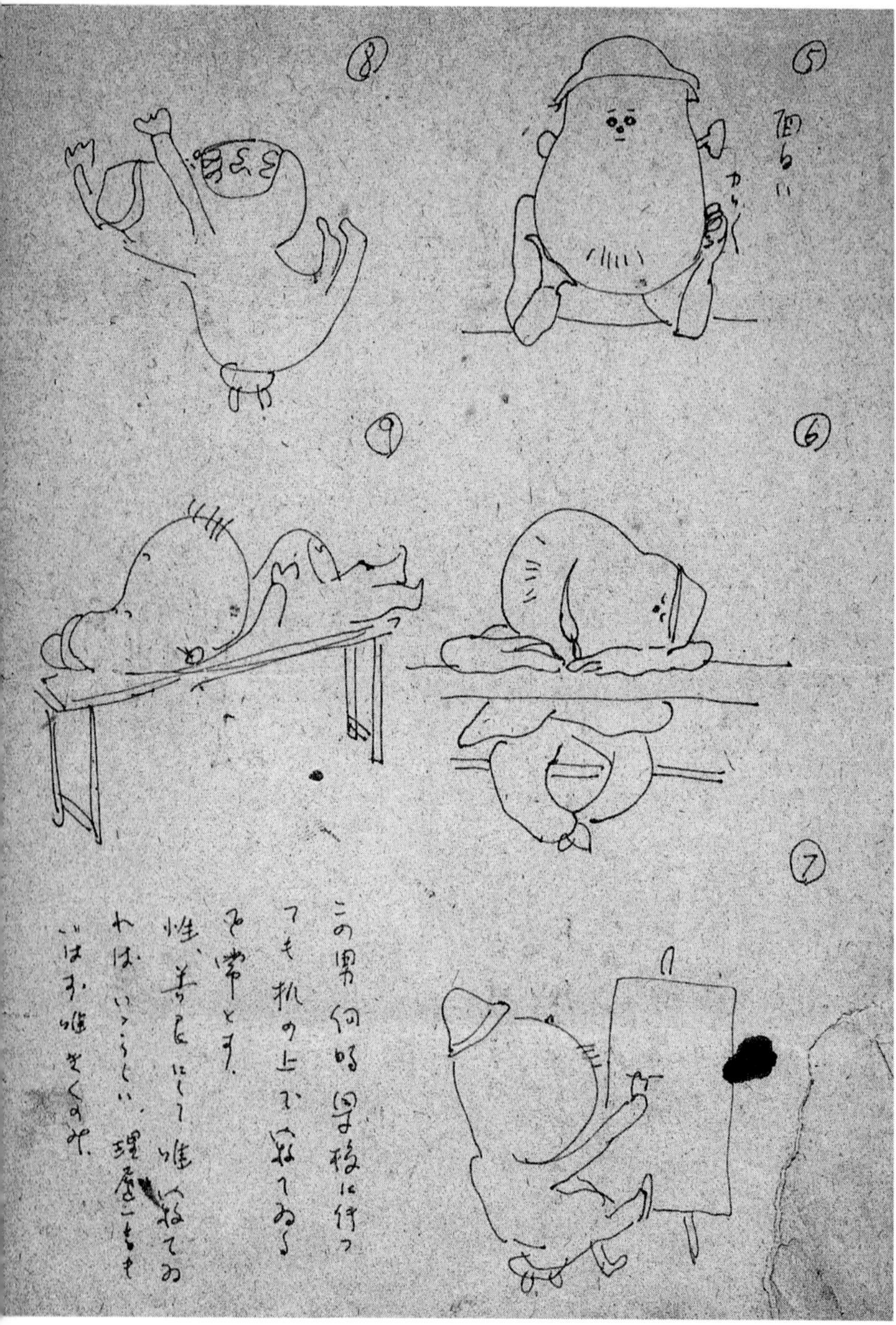
⑧
⑤
固い
から
⑨
⑥
⑦
この男何時学校に行つ
ても机の上で寝ておる
を常とす。
性、善良にして唯寝てお
ればいゝらしい。理屈こもも
いはず唯きくのみ。

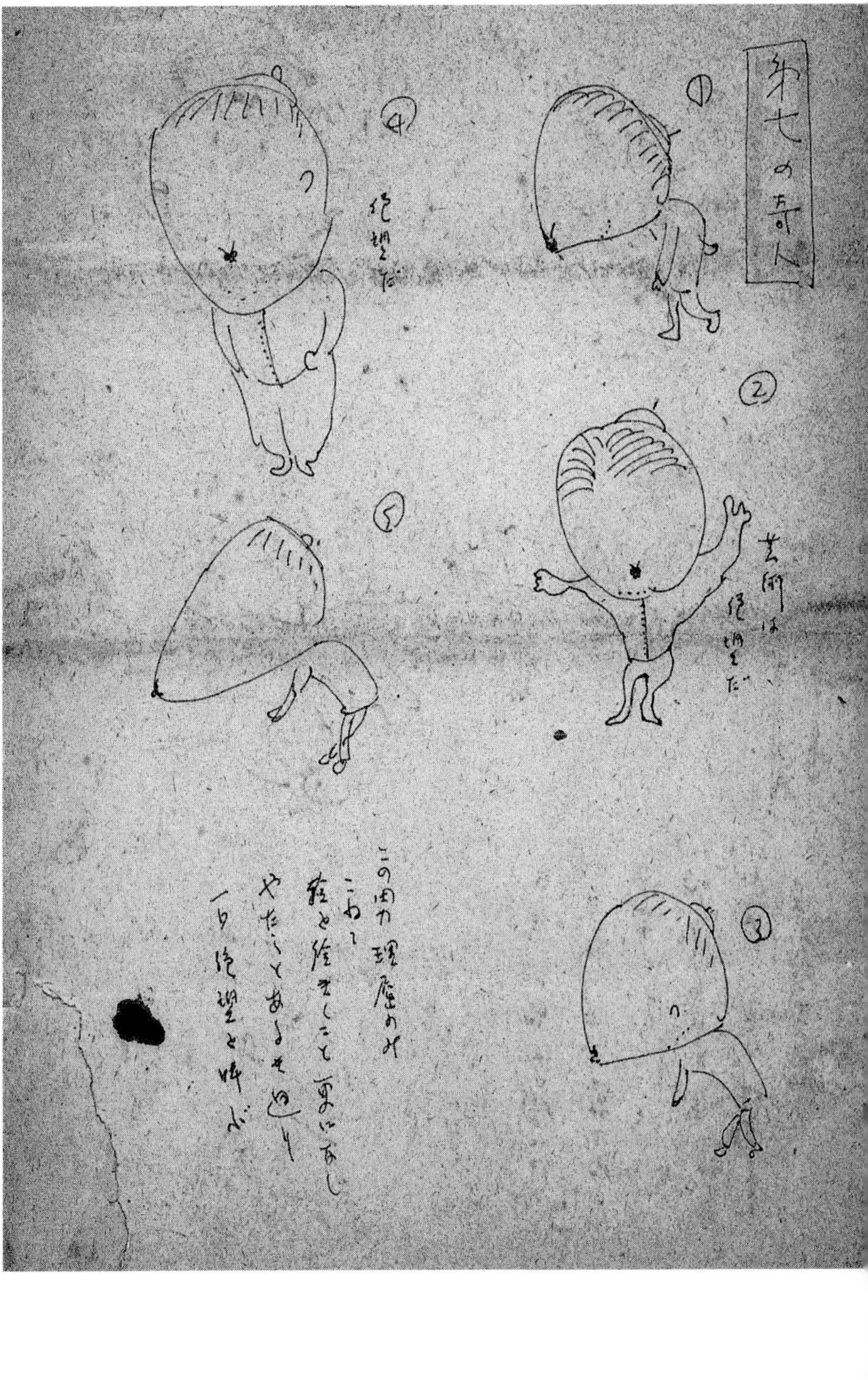
第七の奇人
①
②
芸術は絶望だ
③
④
絶望だ
⑤
この男理屈のみこねて
絵を描きしこと更になし
やたらとあるを迫り
一日絶望と叫ぶ

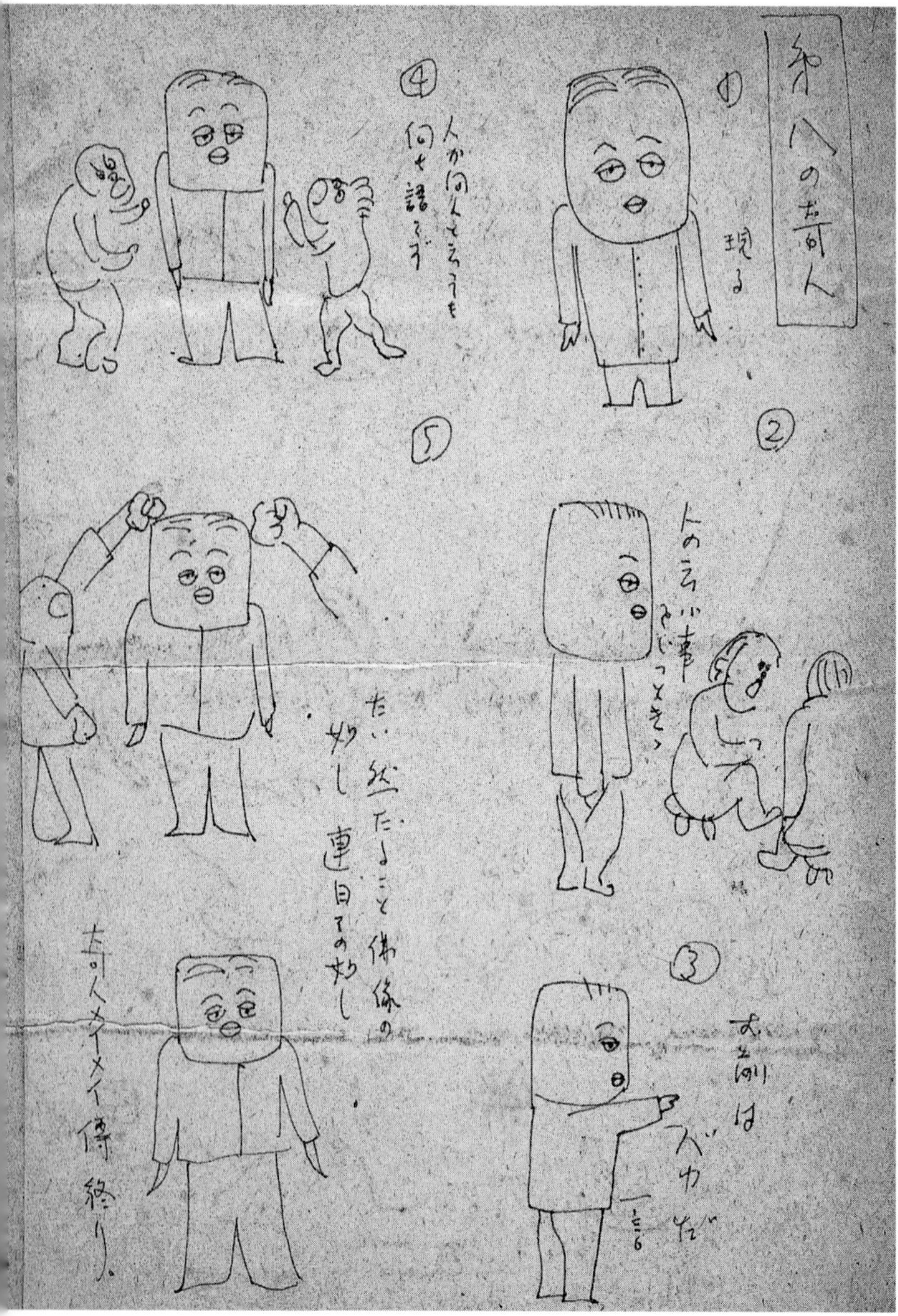

(1) 現る
(2) 人の云ふ事をじっときゝ
(3) お前はバカだ
(4) 人が何んと云っても何も語らず
(5) たゞ然たること佛像の如し 連日その如し
奇人メイメイ傳 終り。

これも「武蔵野」にいたころのもので、女性を観察していたものと思われる。題して電車の中より見たる「女性像」（昭和二十五年ごろ）。

私はそのころ、吉祥寺の井之頭公園の近くに六畳間を借りていた。当時としては贅沢な話である。

畳の上で寝るという生活が贅沢なのだ。

軍隊の時はマキ（棒を横に並べたもの）の上で寝ていた。よくビョーキにならなかったものである。

2

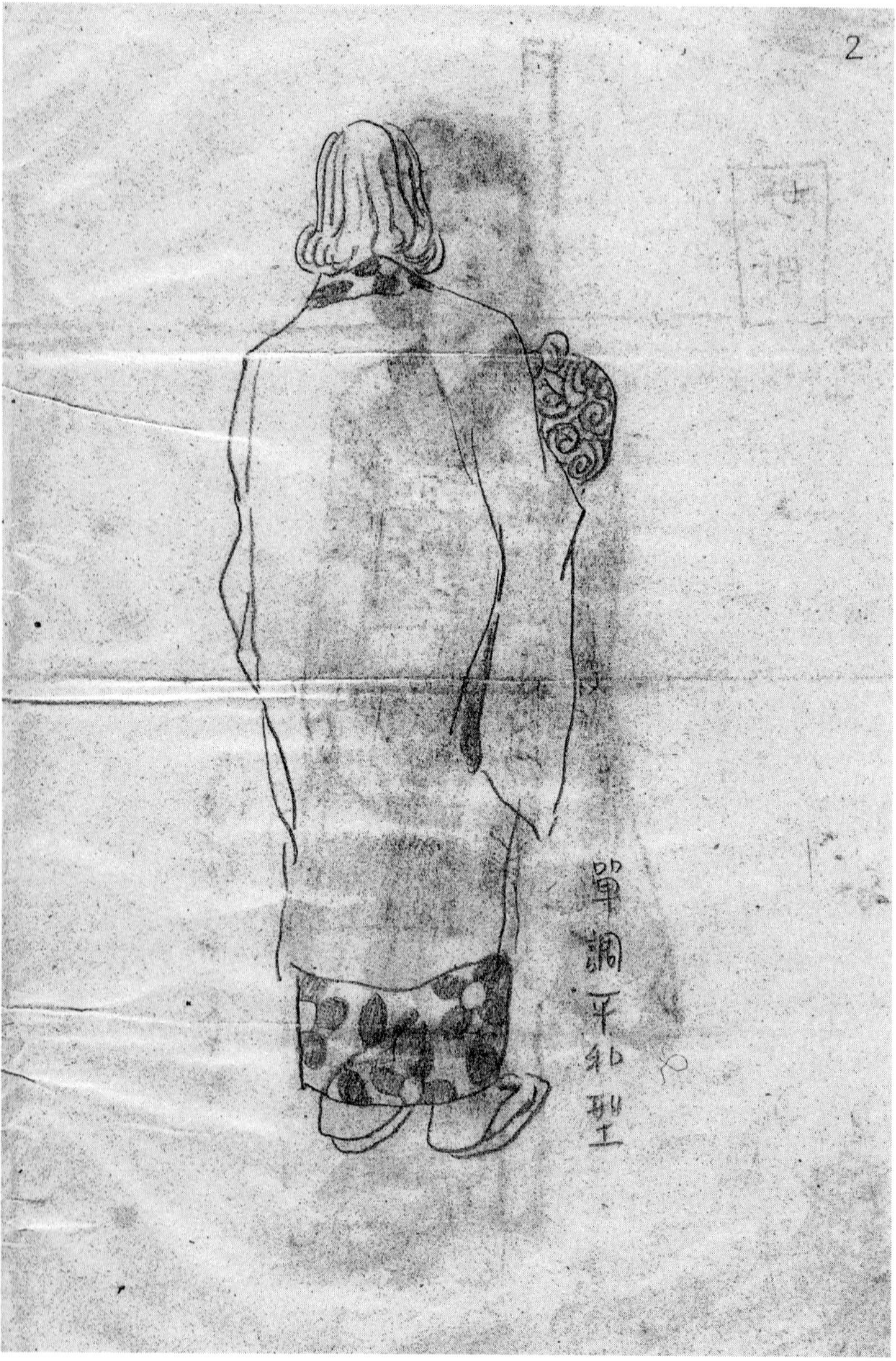

見合近ズキ型

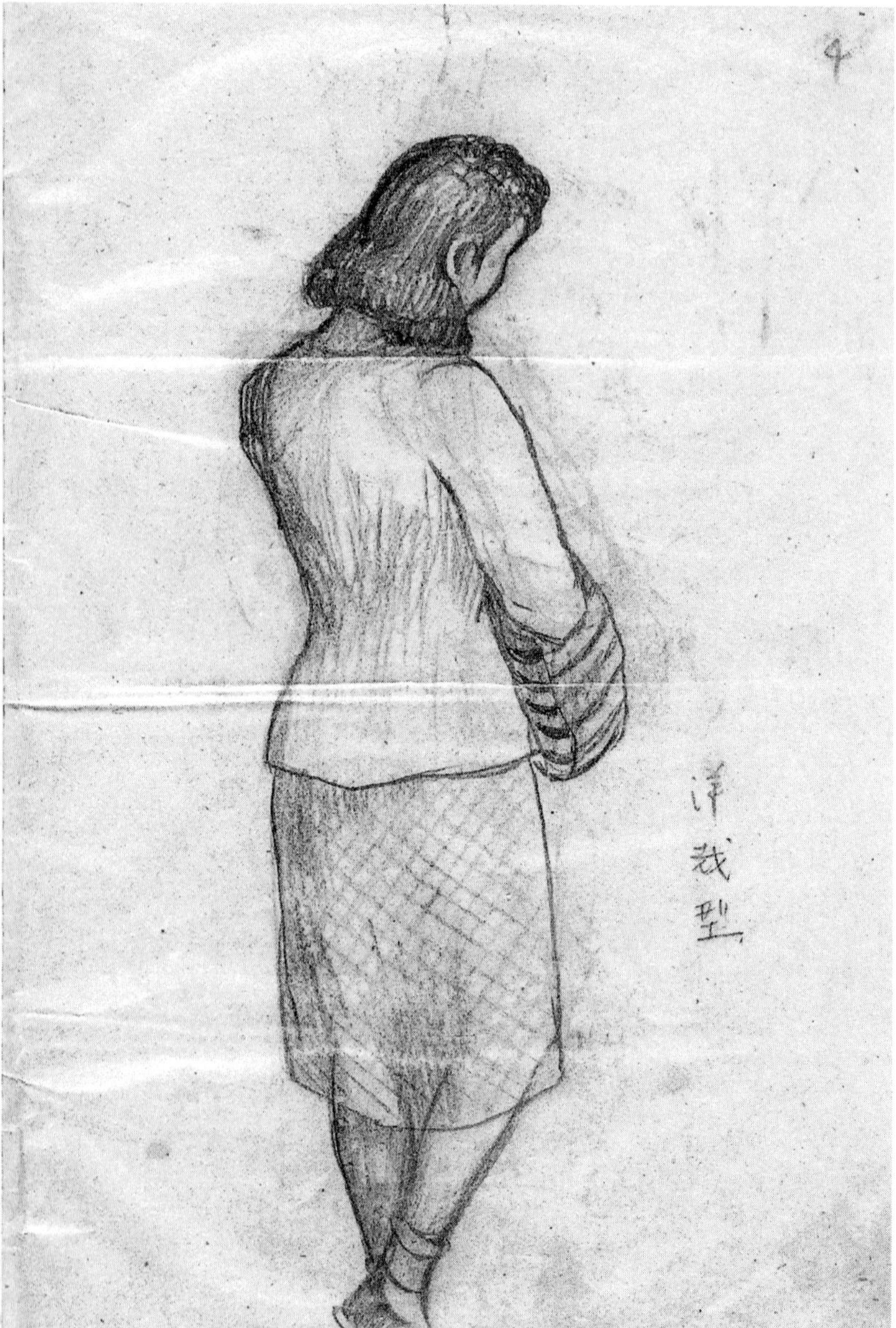
4
洋裁型

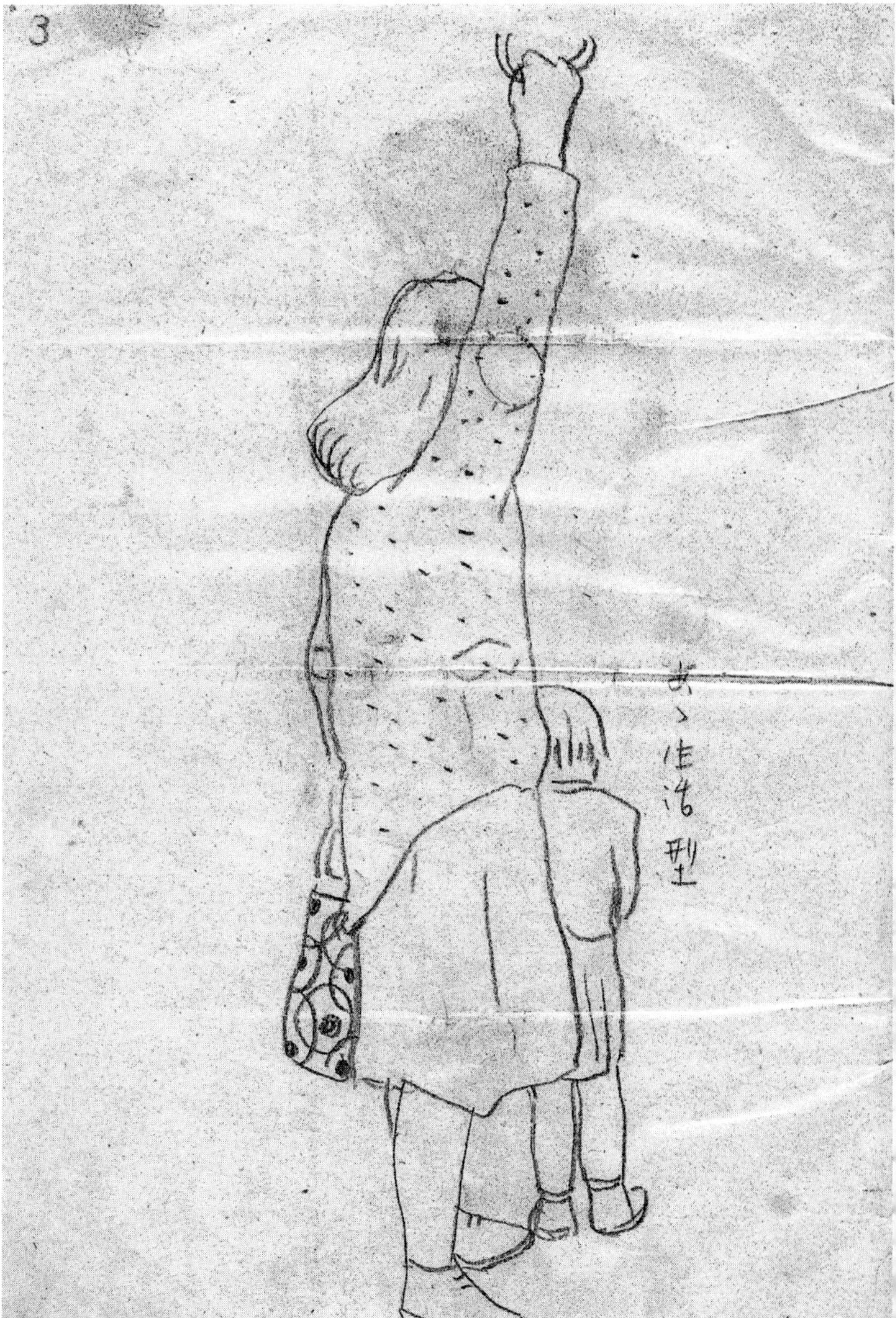
3
ノ生活型

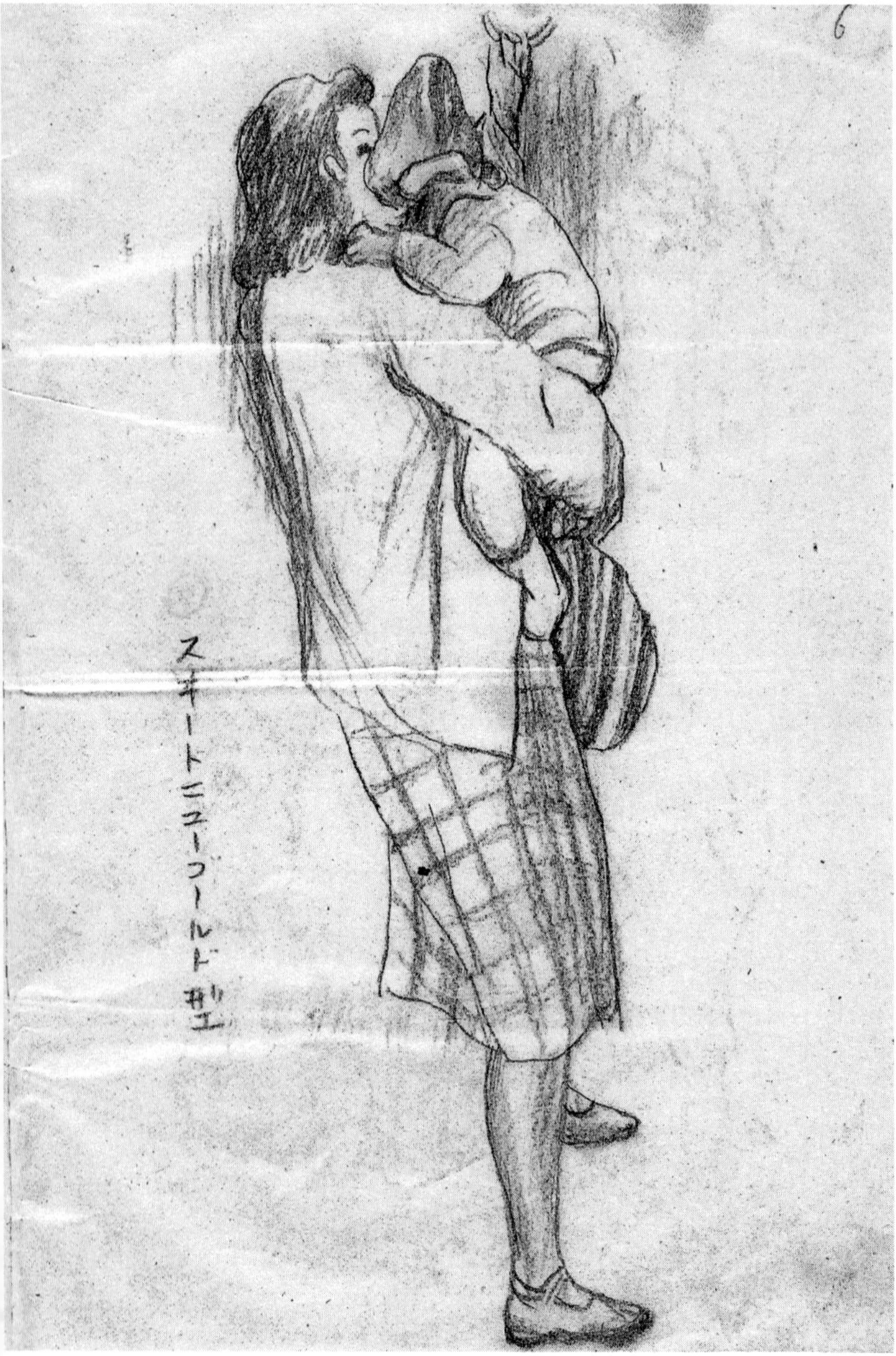
6
スキートニヌーブールド型

5

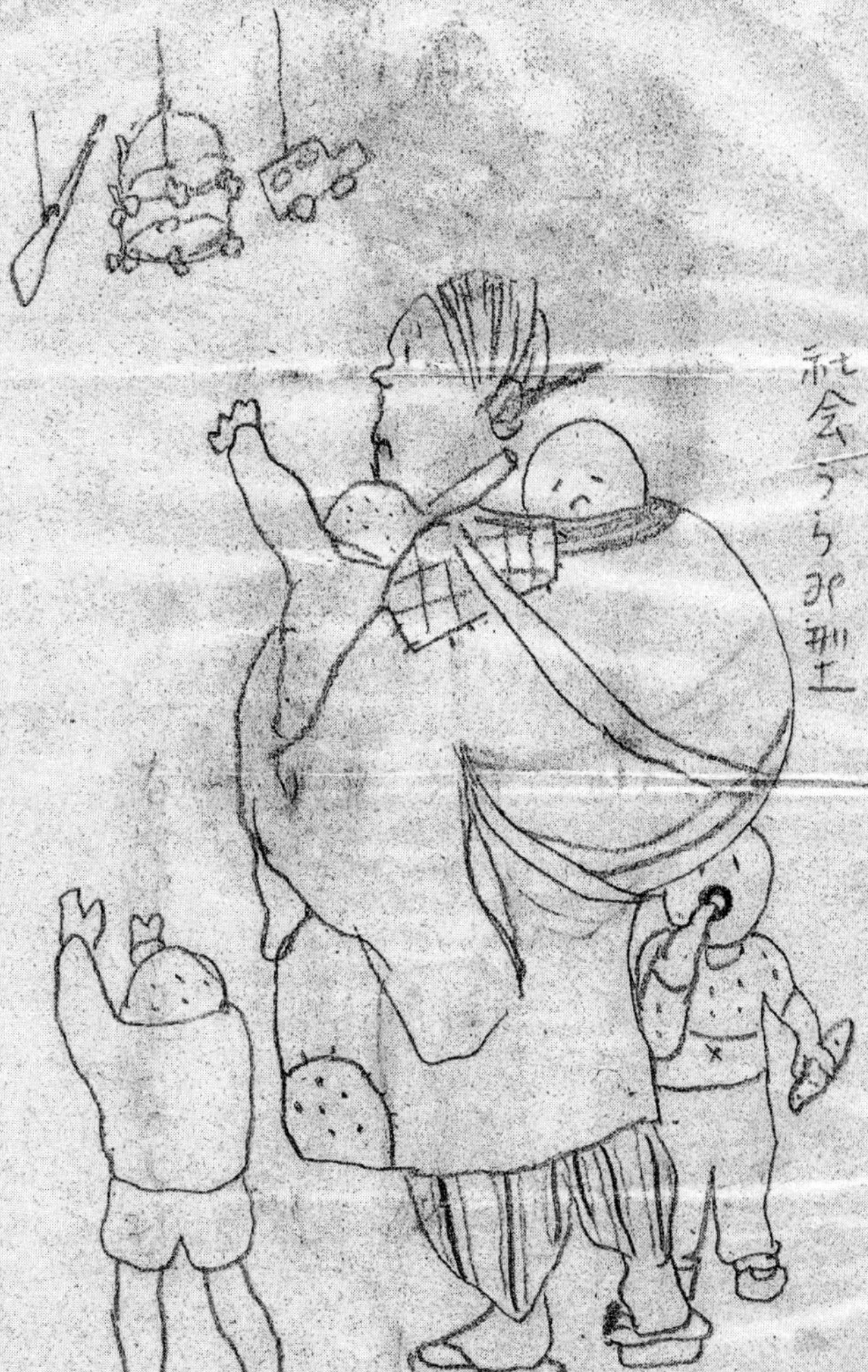

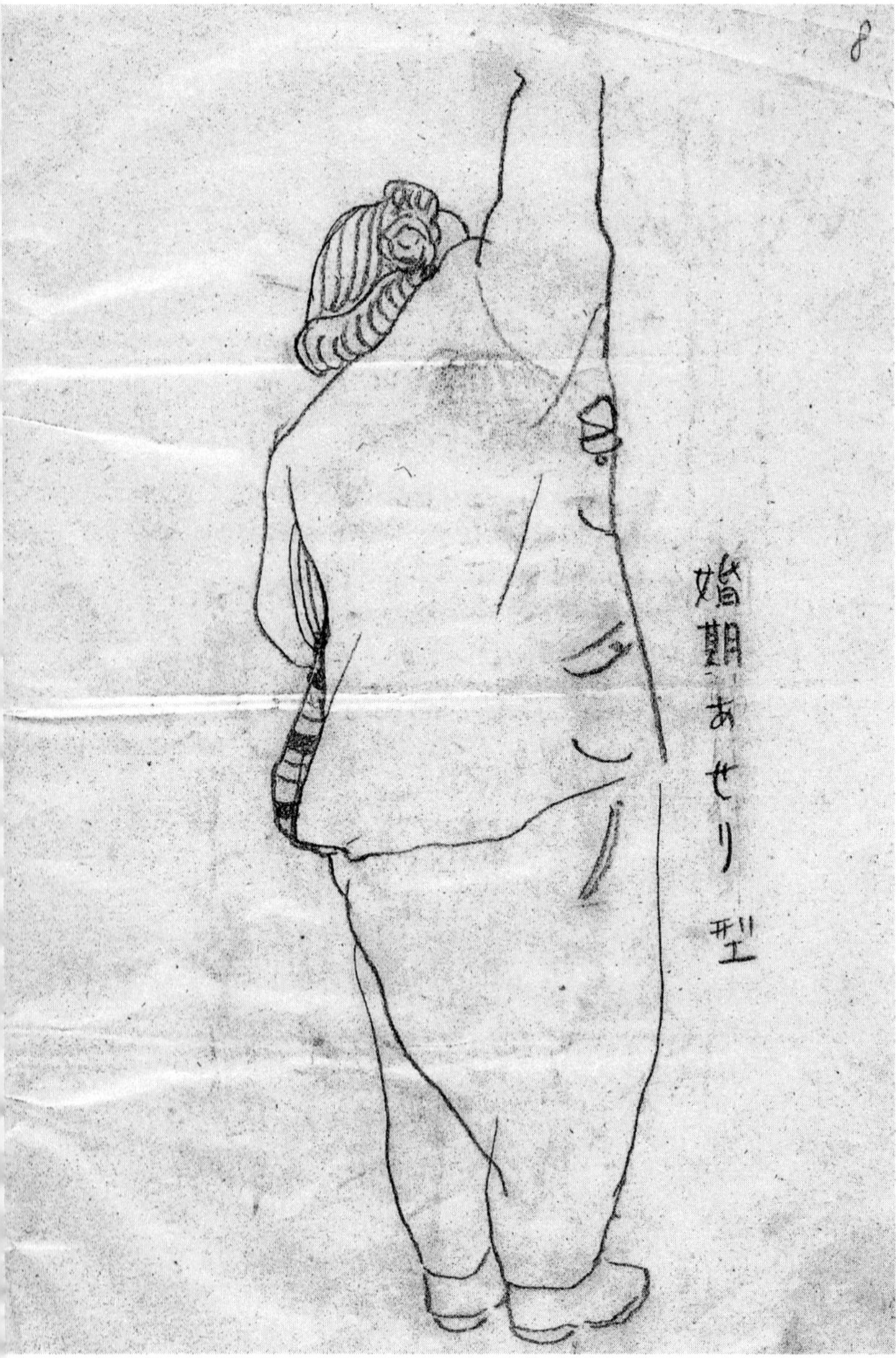
8
婚期にあせり型

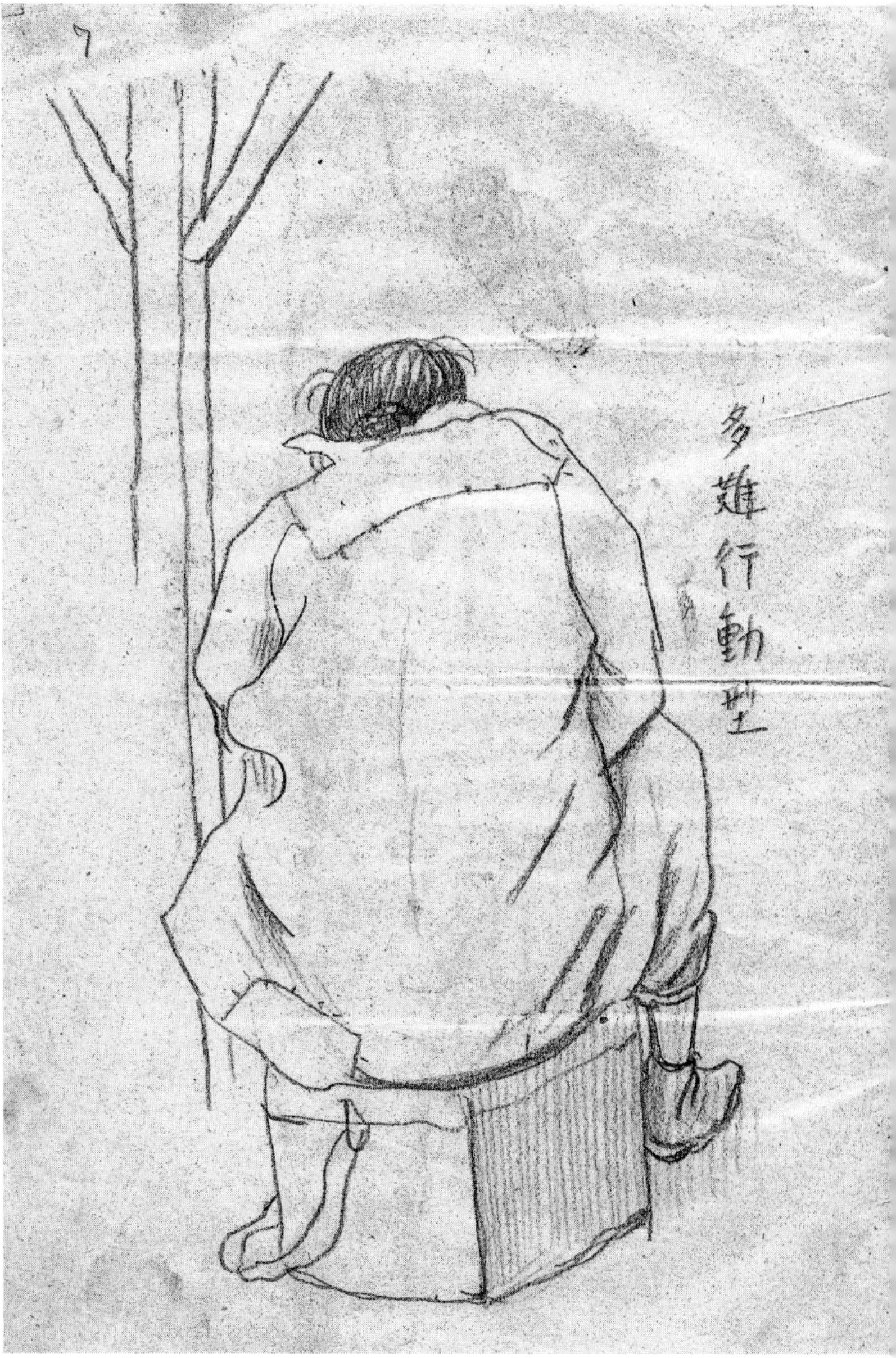
多難行動型

10

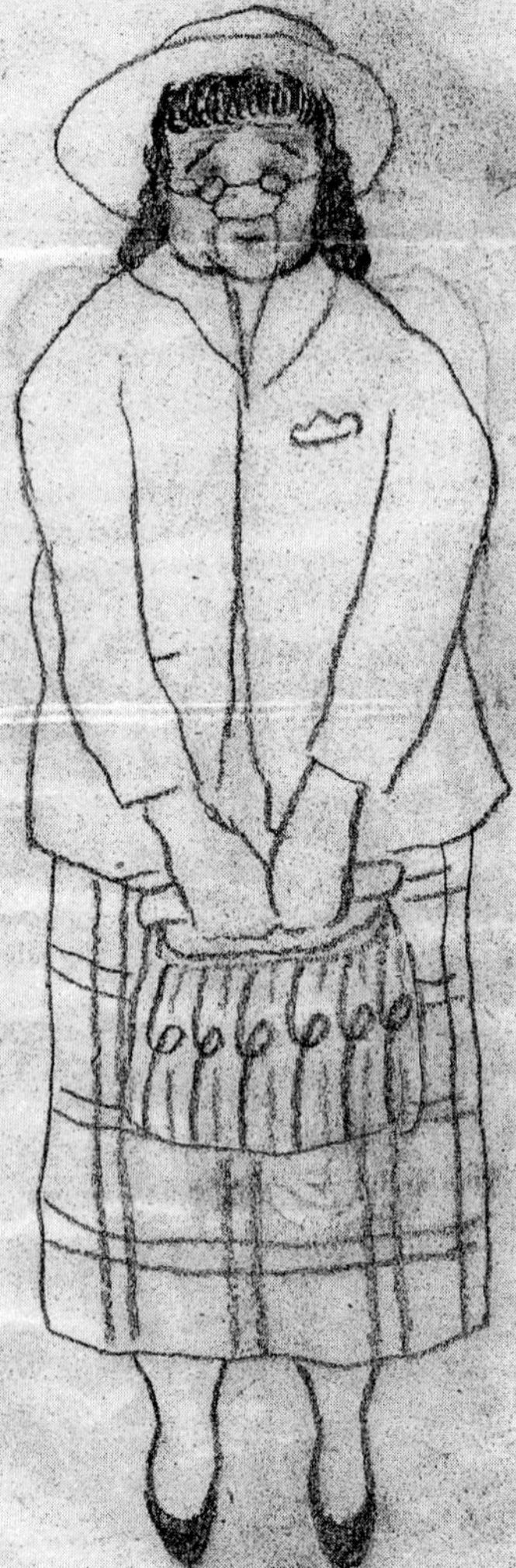

理論的独身型

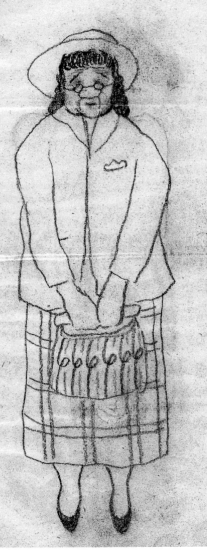

9
浮動感傷型

12
限りなき脳の型

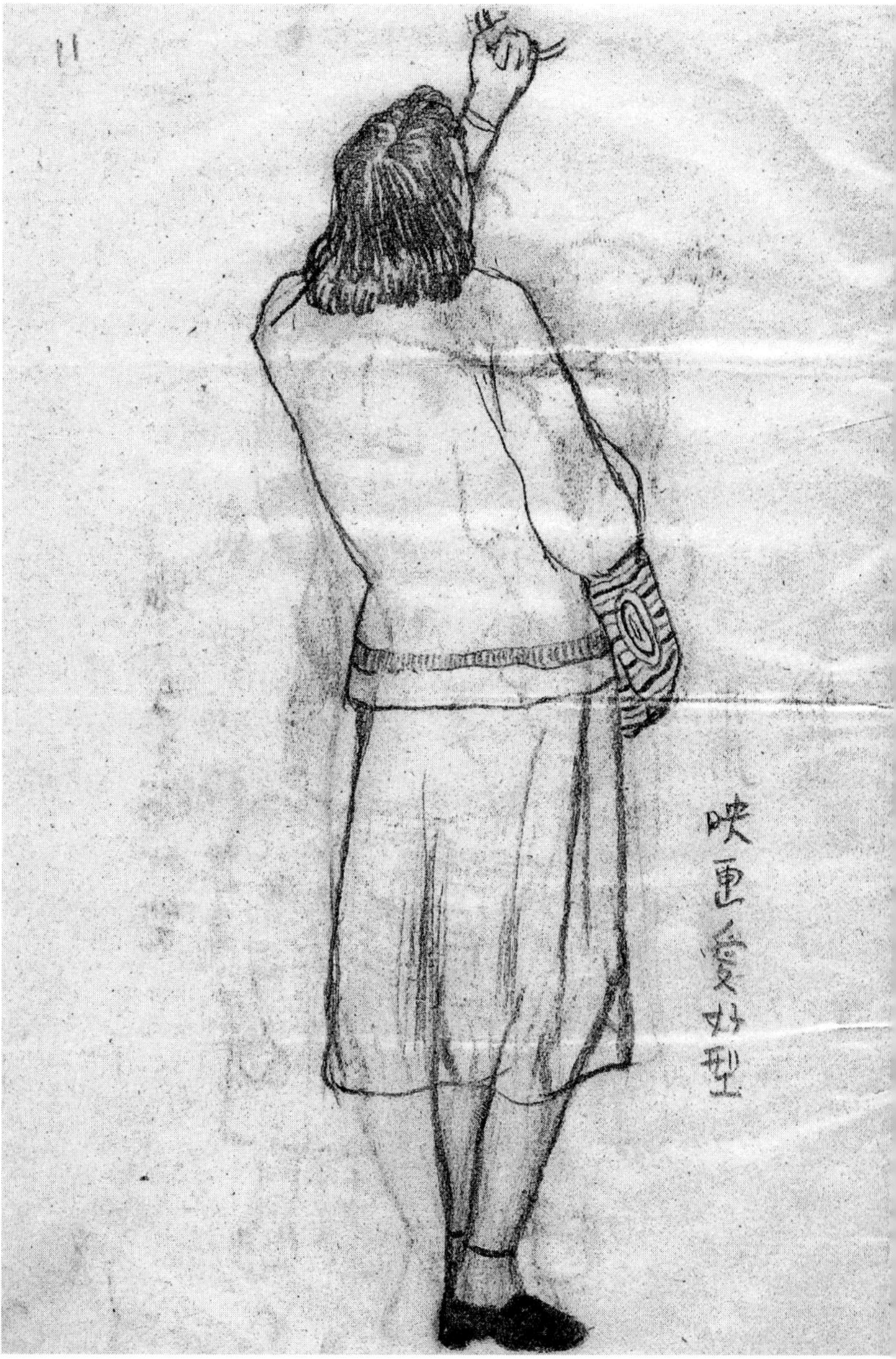
11
映画愛好型

新人種型
（別名パンパン）

.13
インフレ愛好型

16
簡易友人型

15
寶塚熱愛型

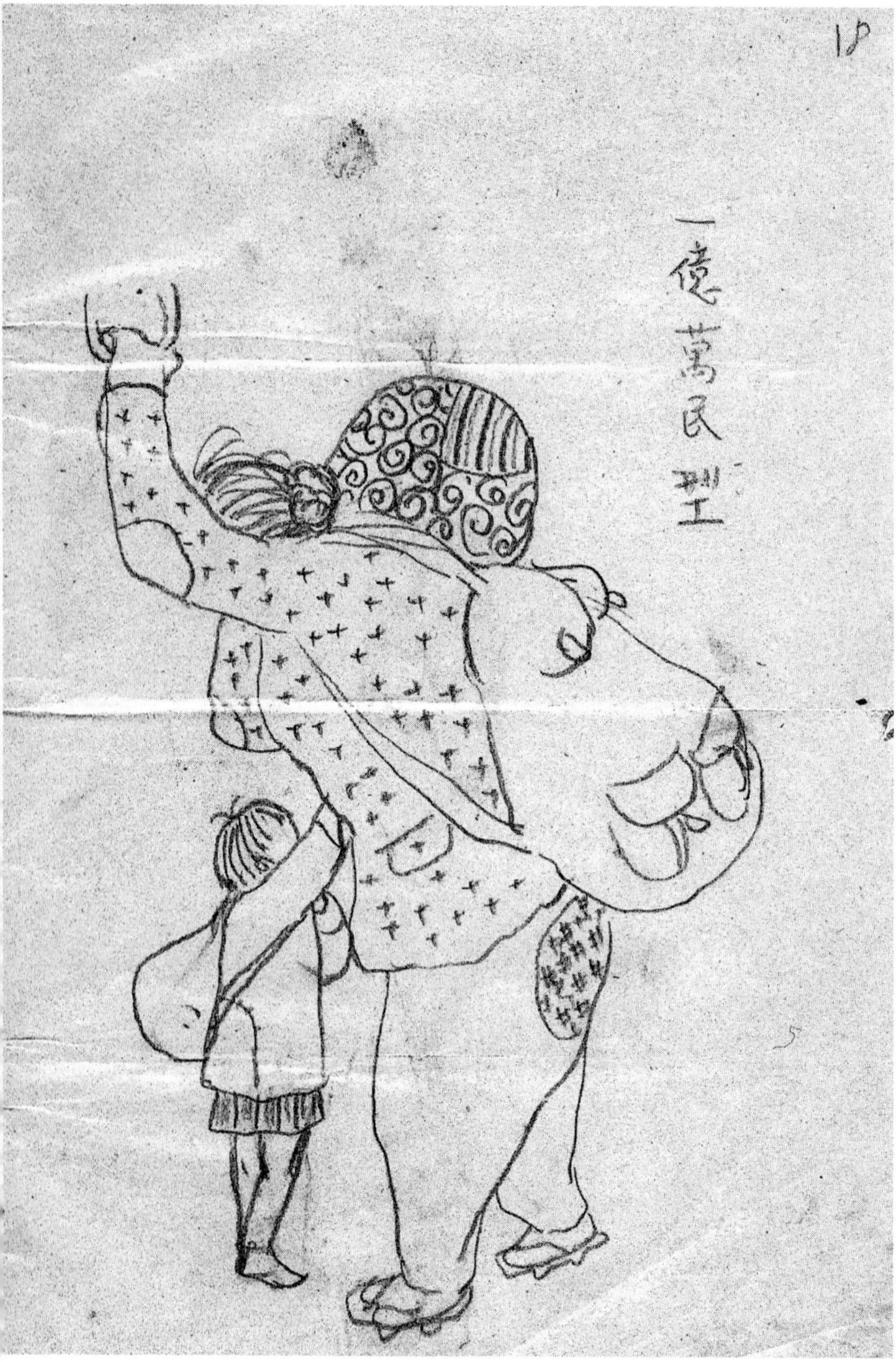
18
一億萬民型

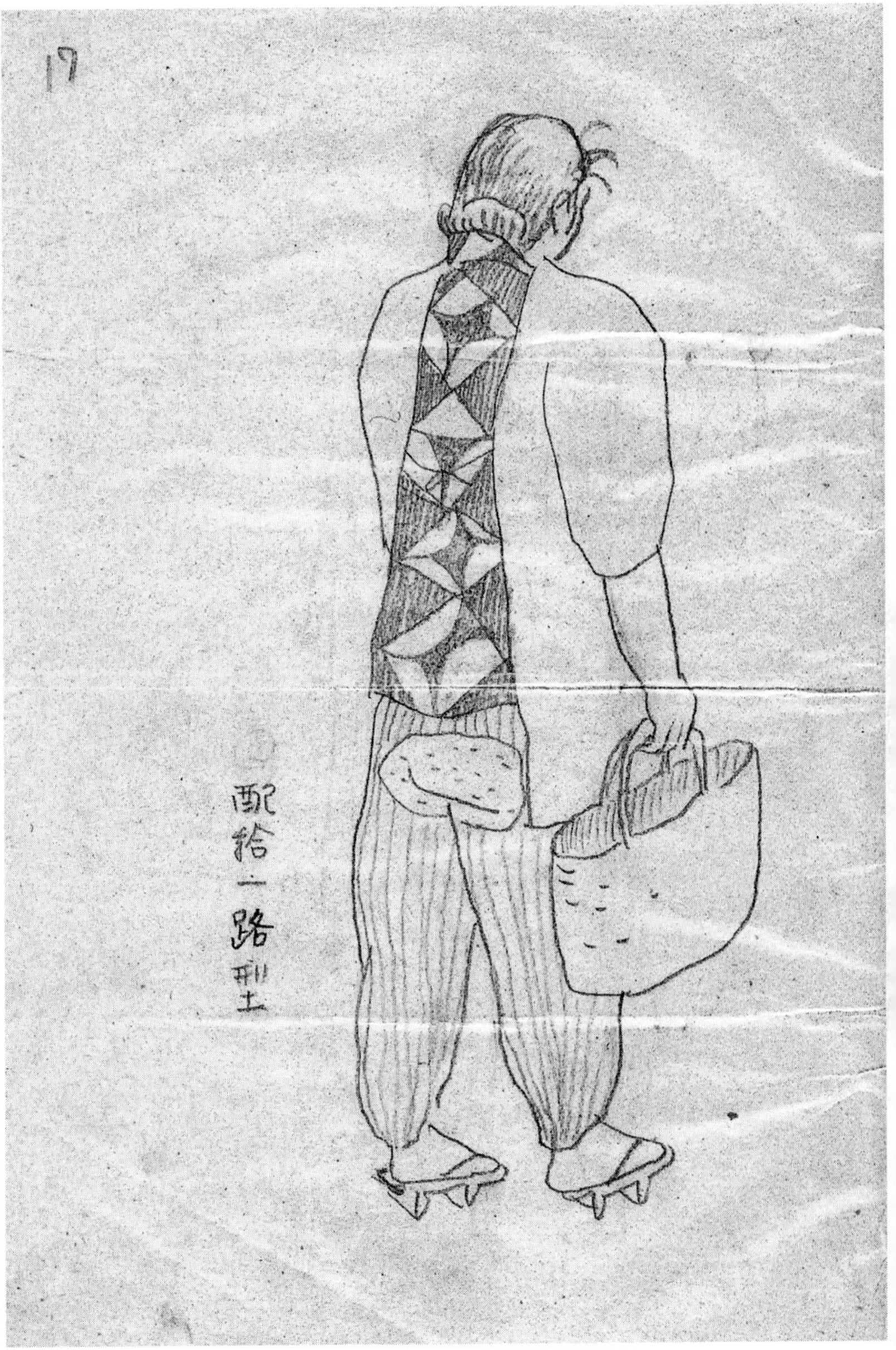
17
配給一路

これも「武蔵野」にいたころの作品。題して「絶望の町」

あついく月ねた…

犬の国は章拍を
あめ…
「
おそ百テ二い
私おぞスっう
」

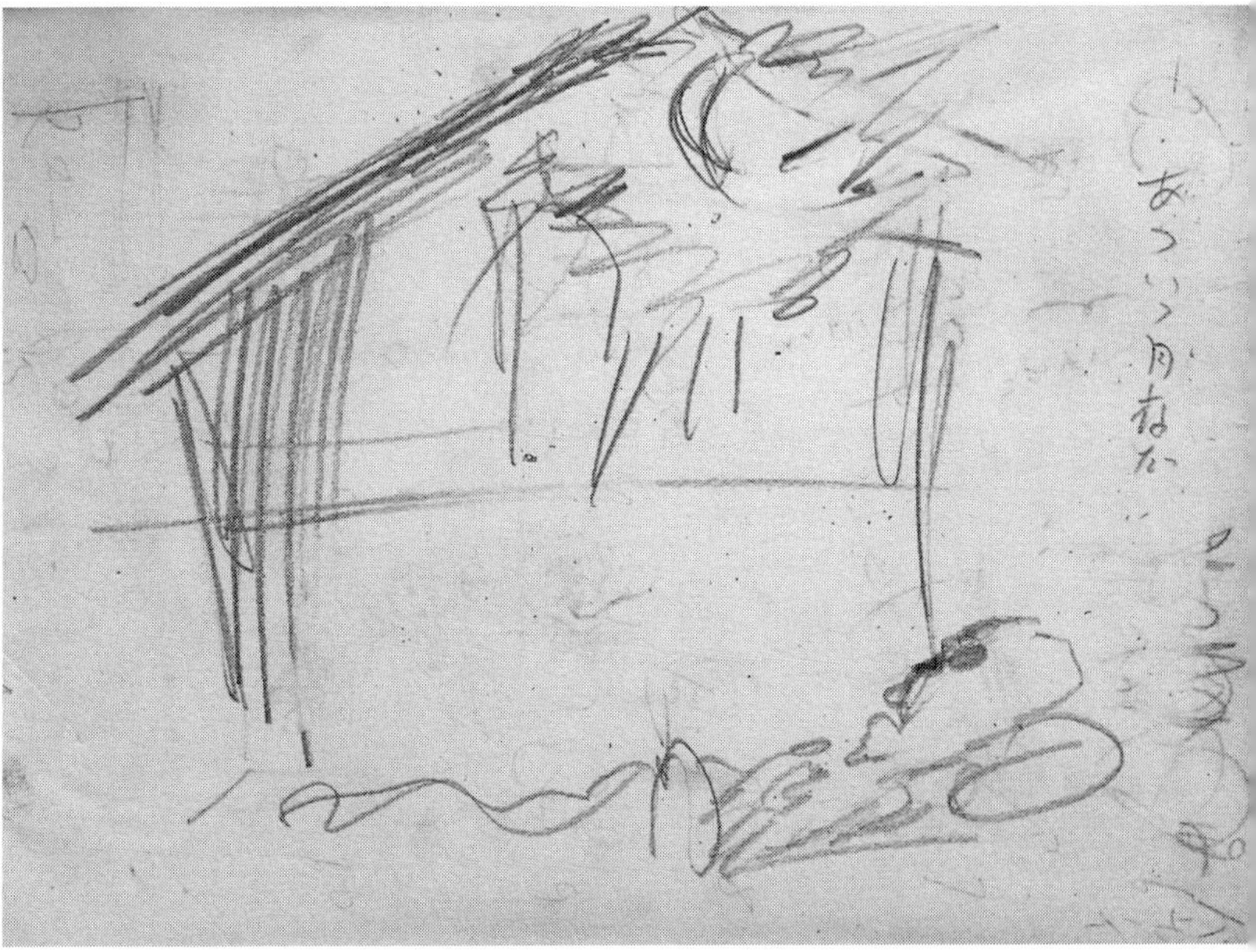

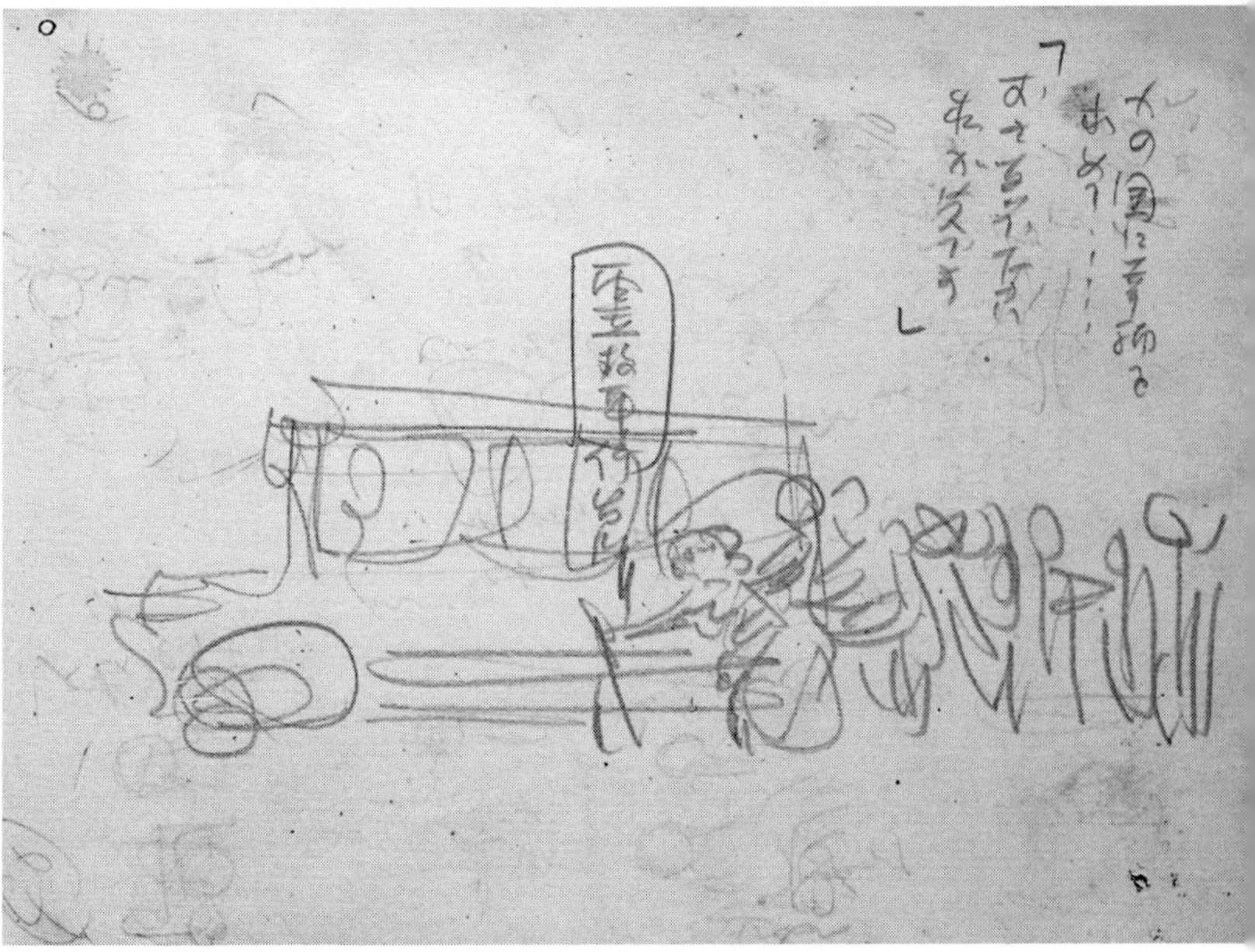

買って下さい、死にます

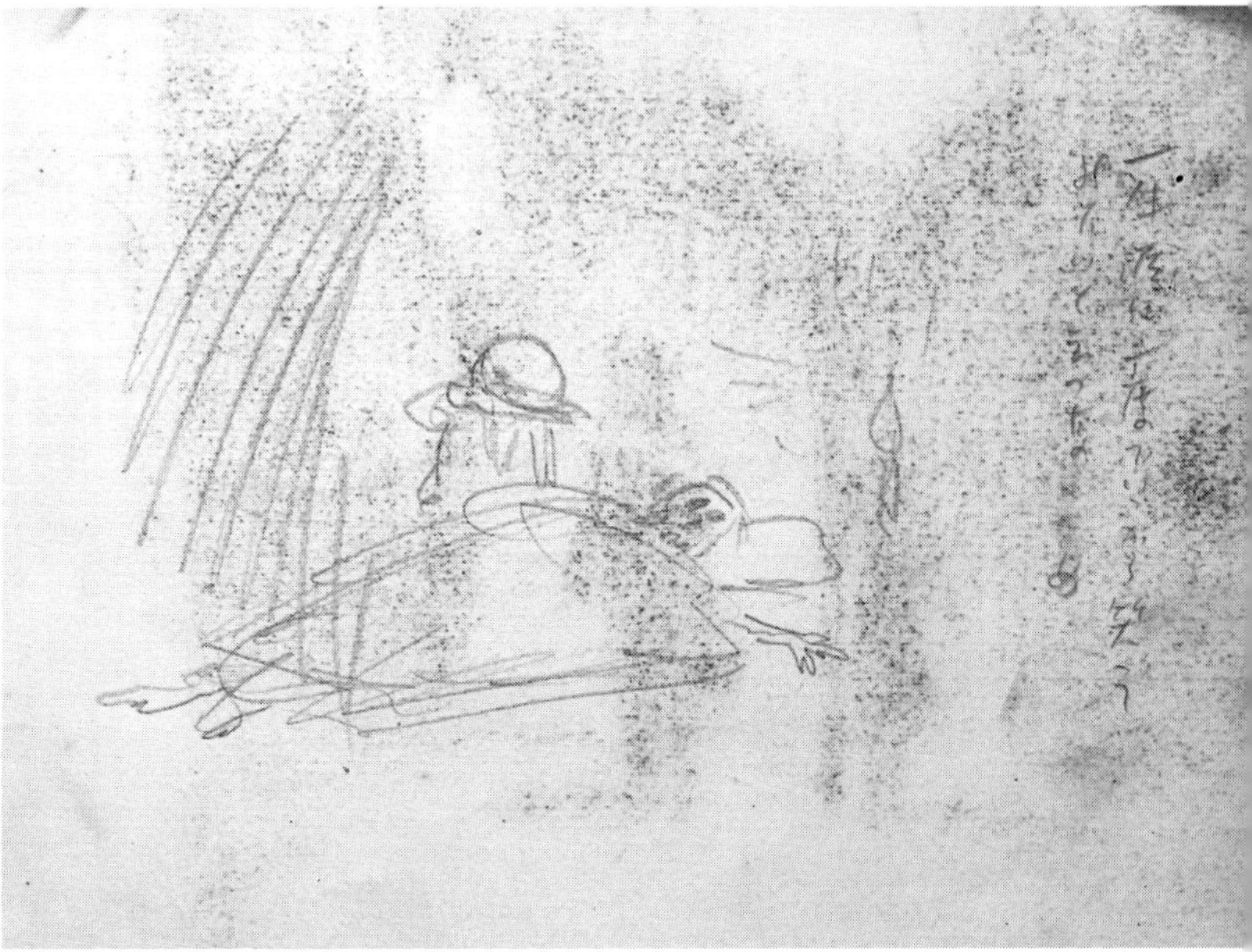

夕食
泣くな今おまえ達の肉を食わすやる

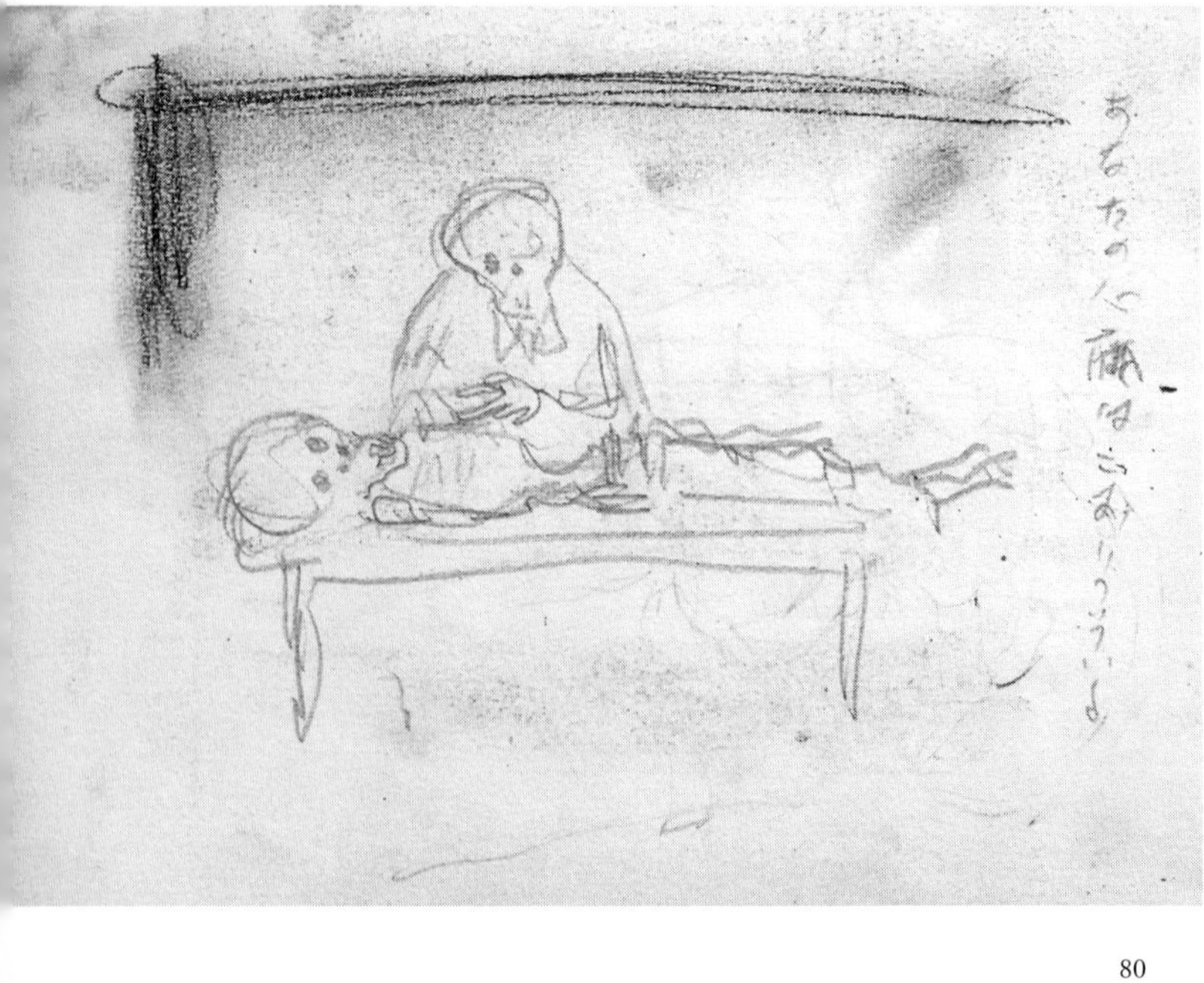
あなたの心臓はこおりついてるよ

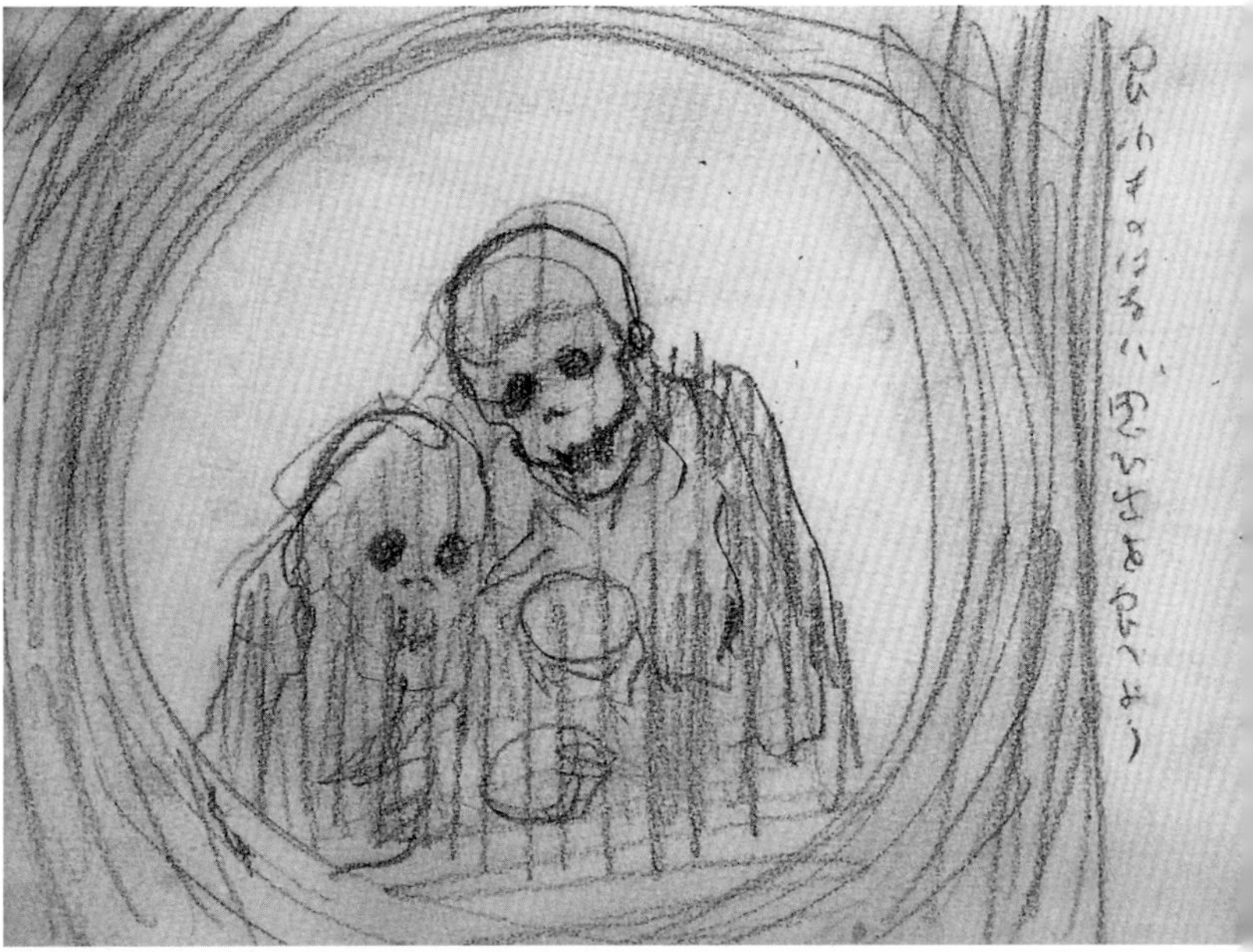

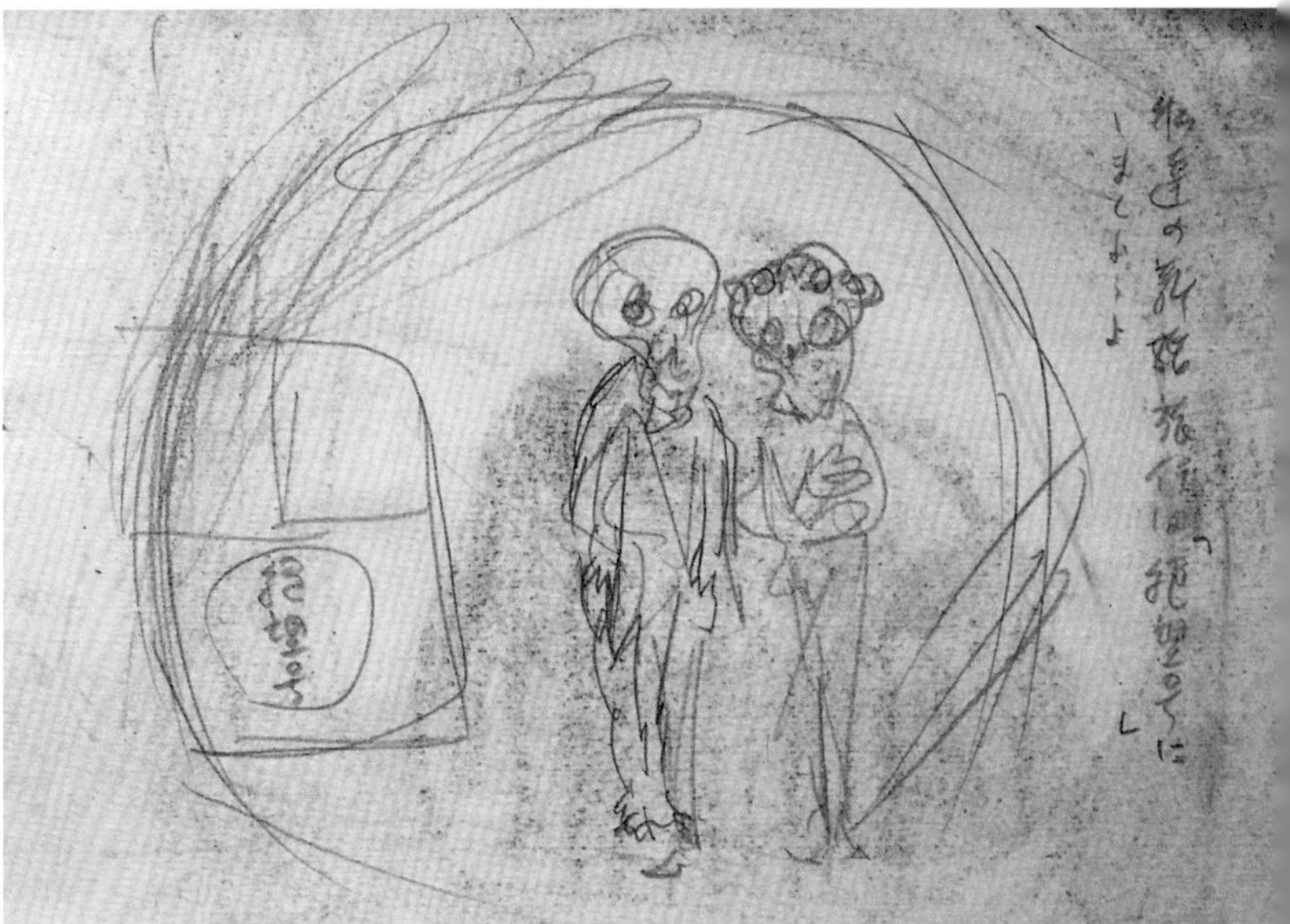

誰が豚を食べたんだ

絶望の町
今年の流行は灰色なんだ

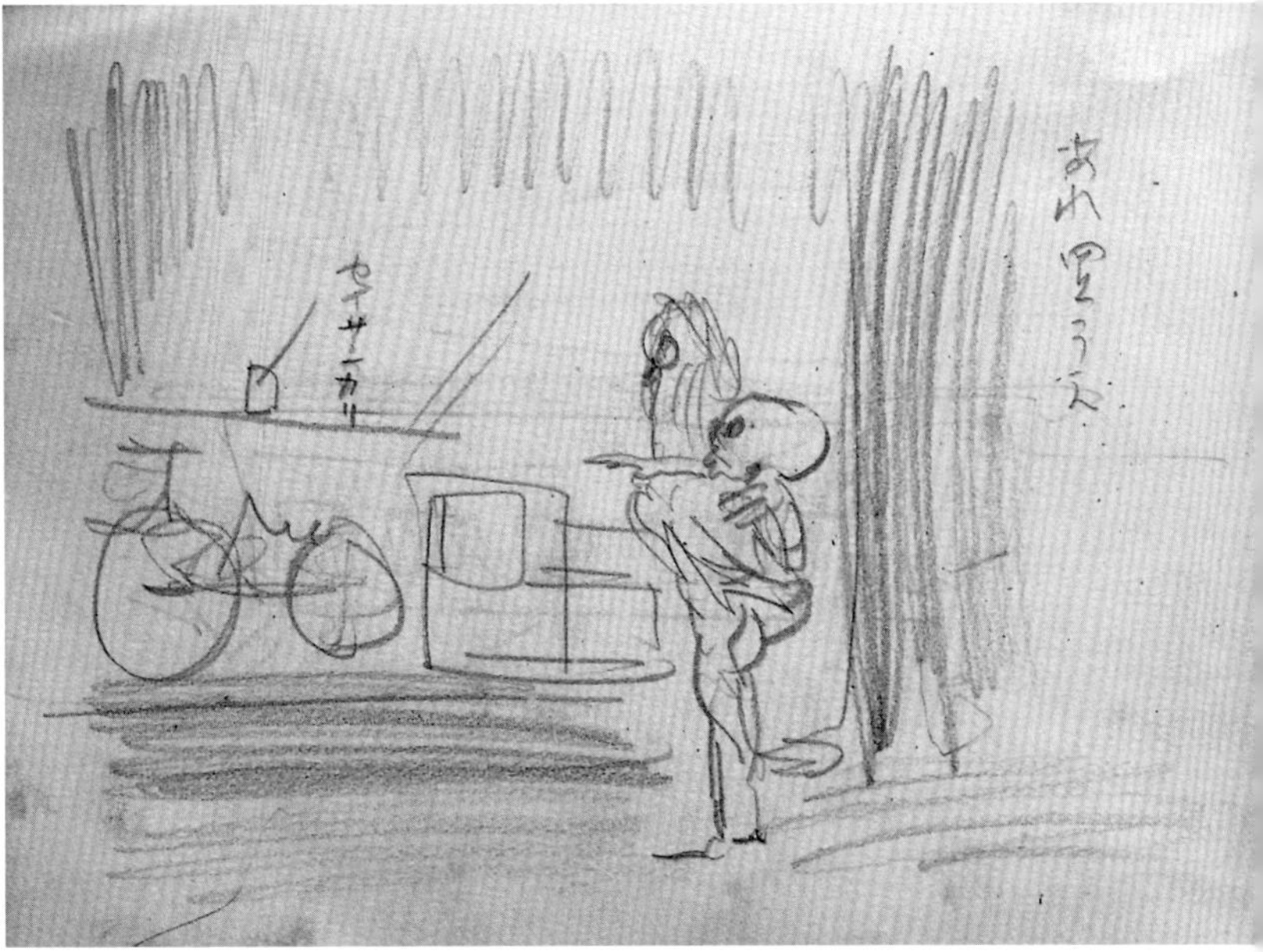

セイサーカリ

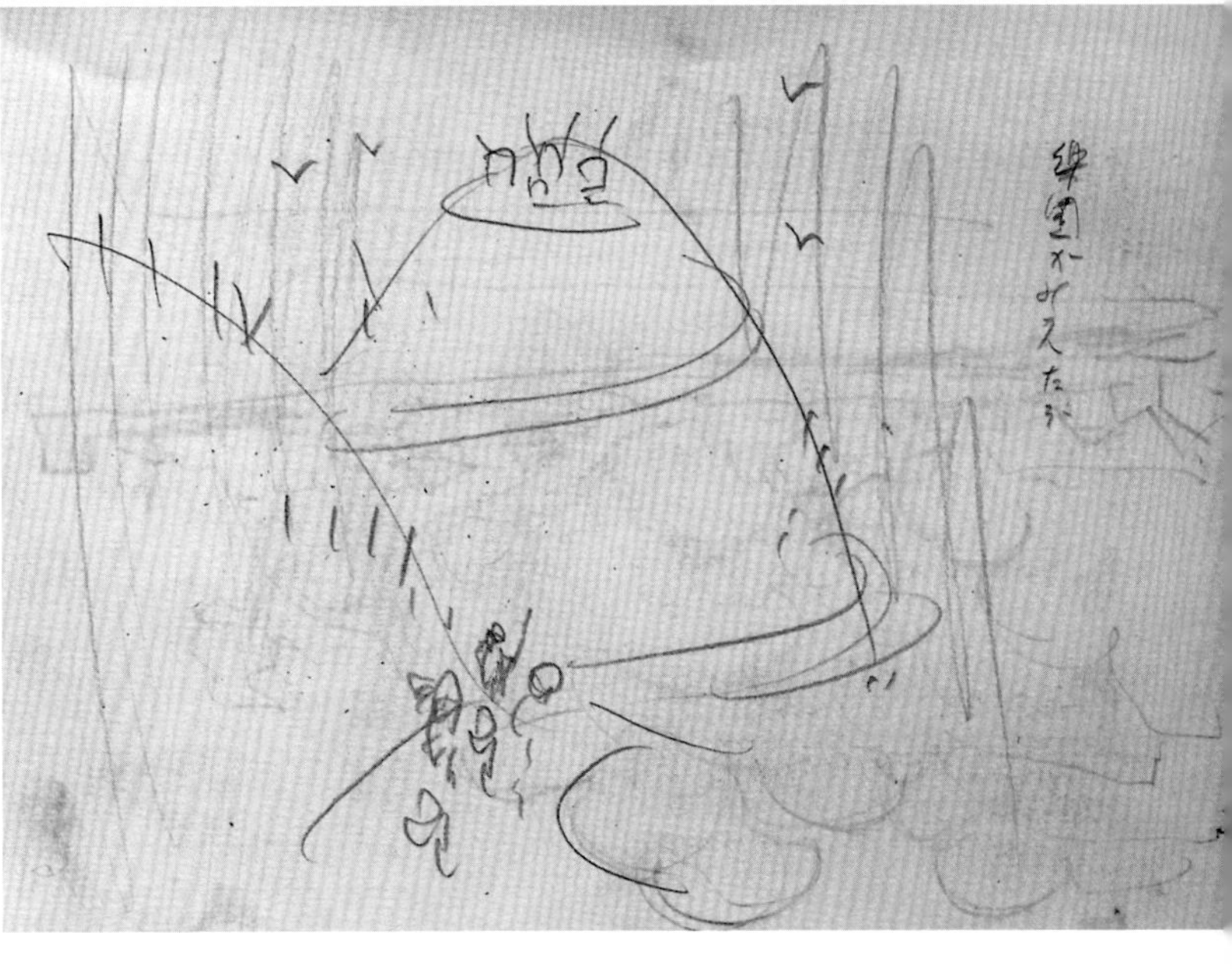

楽園がみえたぞ

「武蔵野」に入ったはいいが、だんだんカネがなくなってきた。そこへ、友人が服地のヤミ商売をやらないか、と誘うので二人で関西に行った。神戸に泊まっている時、あるアパートが売り物に出ていて、とても安かったので買うことにした。親父や銀行などに借金をして無理をしたのだが、借りたカネは返さねばならないのだ。バカなことをしたものだ。

私はそのまま神戸に住みついた。

紙芝居を描くが、あまり儲からない。

ただ、徒《いたず》らに腹が減るばかりだった。

毎日のように借金取りが来るので主として外出していた。

紙芝居はいつも徹夜で描いていた。私の〝師〟である「加太こうじ」が東京からやってきて、親切にいろいろ紙芝居を教えてくれるのだ。

しかし、カネのない日々が続いていた。三度の食事はしていたが、甘いものなどは皆無だった。一年に一回くらい、アメリカのチョコレートを口にするが、うまくてアゴがはずれそうだった。

借金には勝てず、ついにアパートを手放し、
その残りのカネで西宮市の今津水波町というところに小さな家を買う。
ここで紙芝居を描いていた。
趣味は、カネがないから、散歩しかない。
この廃屋の辺りをよく散歩した。

これが、一日中紙芝居を描いている部屋の窓から写生したもの。毎日この景色を眺めながらモグラのように描いていた。

モグラは、自分の体重と同じくらい食物を食うので、一日中働くのだ。私はわずかなカネのため一日中働いていた。そのころの〝金言〟は「人生に幸福なんかない」だった。

幸福なんて、ある
と思ってはいけないのだ。

　一人前に描けそうになった時、紙芝居の仕事は壊滅。人間食わないわけにはいかないのでまた上京し、貸本マンガを始めたものの、カネもよくないうえに多忙を極めた。

　いつも想い出すのが、南方のきれいな緑とのんきな土人たち（土人という言葉は自然人という意味で、バカにしたわけではない）。

　なんとか行けないものかと常々考えていたが、いつもカネがなかった。カネがないと身動きもできないのだ。

間もなく結婚したが、いつも貧乏だった。

果物屋に行っては腐ったバナナを買って（極めて安い）、家内と食べていた。

バナナは腐りかけたのがうまい、と言うのが私の説だった。

私もよく食べたが、家内も私に負けずに山のような腐ったバナナを食べた。

今、バナナというと、それこそありふれているが、何もない時代のバナナは貴重であり、おいしかった。

バナナを食べては、南方を思い出していたわけだが、なにしろ〝貸本まんが〟は食うだけで精いっぱいだから、南方に行く旅費など思いもつかないことだった。それこそ、〝夢のまた夢〟だった。

第13回 講談社漫画賞
贈呈式・祝賀会

『鬼太郎』や『河童の三平』を描いてどうにか一人前のマンガ描きとなり、収入も増えた。

すなわち、南方に復帰する〝軍資金〟を得たわけである。

それにしても、長い歳月だった。ひょっとしたら、彼らは死に絶えているのかもしれない。

「十年ひと昔」というが、二十年いや、三十年近くも経っているのだ。

しかし、毎日は忙しく、行きたくてもなかなかおいそれとは行けない。

アシスタントまでいたから、余計難しかった。

そうした時、同じ隊にいた〝軍曹〟と宝塚のサイン会でお目にかかるという偶然があった。

これも「カミ」の導きかもしれない。

トペトロとの再会

なにしろその〝軍曹〟は、私に勝るとも劣らぬ〝南方狂〟だったから、鼻をふくらませてすぐ南方の話になった。

どうしたわけか、その〝軍曹〟とは、中隊が〝玉砕〟した後も同じ隊に二人だけいて、何かと親しかった。

「ラバウルに行ってみようかい」ということになり、昭和四十六年十二月に出かけた。

まず、前線で死んだ兵隊の霊を慰めるために酒と煙草をお供えしたが、その時、蝶々が飛んできて二十分ばかり、その板に書いた〝英霊の碑〟の周りを飛んでいた。

不思議なことである。物事を喜んで不思議がるタチだから、人の倍、不思議に思いよく覚えている。

私は〝軍曹〟たちと別れて、飛行機が出発する四、五時間の間に昔のトペトロたちの村を探すことにした。自動車でその村を探したが、なにしろ三十年近くも前のことだから景色も違っていて、勘違いもあったりして三時間ばかりぐるぐる回ったが、一つも手がかりがない。

運転手は頼みもしないのにやたら帰路に着こうとする。「だめだ」と再三言い、またぐるぐる回って、もうだめかなあと思った時、一人の青年が小道から出てきた。

「このあたりにトペトロという者はいないか」と聞くと、コーフン気味になったので驚いた。

トペトロの義弟トマリルだった。

おそらくこの時、偶然会っていなかったら〝トペトロとの五十年〟の交遊もあり得なかっただろうと思う。

人生における偶然の出会いほど不思議なものはない。

トマリルは大きな声で震えながら、

「トペトロはいる!!」

そして、

「お前、オレを覚えているか、小さいベビーだったが……」

「うーむ、覚えていない」

と言うと、がっかりしたような顔をしたが、トマリルは足早に小道を案内した。

そしてトペトロのところに案内された。三十年前もののことだ。

そんな昔の友人の訪問は、〝とまどい〟でしかなかったようで、初めは台所に隠れているみたいだった。

やがて、思い出が蘇ったのだろう、ニコニコして出てきた。

私も三十年前の少年がオッサンになっているので、大いに驚いた。

一時間くらい経って、お互いに老化《ふけ》たんだということが頭に染み込んできてわかったので、握手して確認し合った。

まさかの訪問にトペトロたちも驚いていた。

あのころは私も若く、「なんとなく面白そう」、ただそれだけで訪ねて行った。

私も普通ではなかった。

私は日本に帰るとさっそく、境港に住む父母にトペトロに会った話をした。

「トペトロはお前の恩人だ、お前がマラリヤで寝て動けない時に、果物を運んでくれたんだ」

「おとっつあん、それはトペトロのおばさんのエカリエンというばあさんだよ」

「うん、前に、お前のために芋畑を作ってくれた人か」

「そげだ」

「エカリエンはどげしちょった」

「死んだ」

「いい土人だったがなぁ」

父母には、復員した時から毎日、土人に世話になったことを話していたから、エカリエンのことでも何でもよく知っていた。

すなわち、私の家では〝土人〟という言葉は尊敬の意味で、〝土の人〟というのは私は昔からあこがれだったのだ。

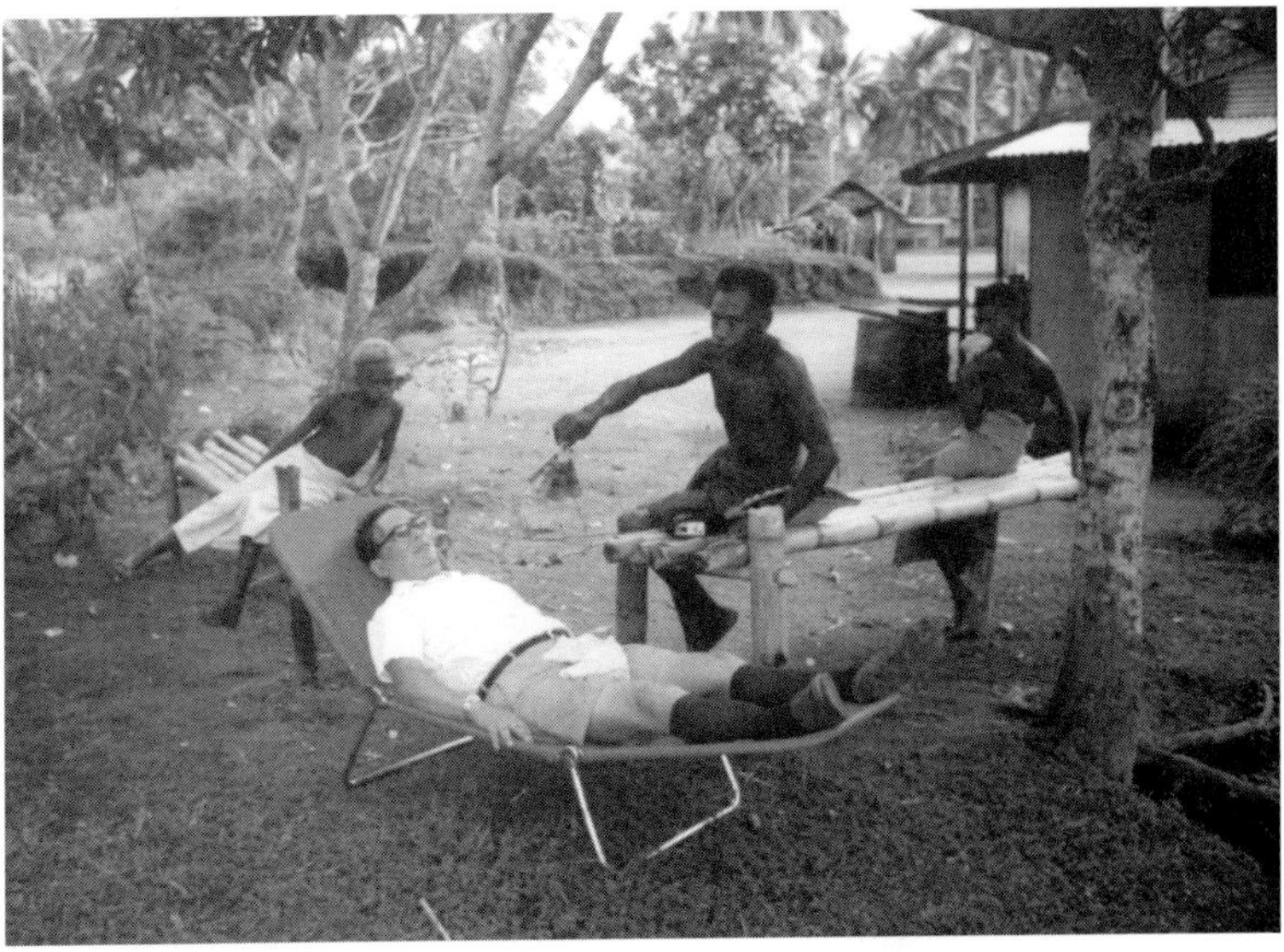

三十年近く音信不通だった友人に会ったわけだが、どうしたわけか、水木大先生はその次から何回も行く。私自身もよくわからないが、なんとなくいい気分になれるのだ。

日本ではあまり味わえない王侯気分というやつだろう。寝イスに寝ると、トマリルが常にうちわであおいでくれるのだ。

パパイヤと言えば、人間の頭くらい大きなのをすぐに持って来てくれる。

それを私は二個も平らげるのだ。

昔から南方のパパイヤが好きで、毎朝大きなパパイヤを一個食べていた。すなわち、土人を手なずけて毎日届けさせていたのだ。

向こうのパパイヤは想像を絶するうまさなのだ。

とにかく生まれつきの南方好きらしい。南方のものは何でもいい、といった感じ。

戦後三十年も経って、たびたびやってくる元日本兵というのは珍しいらしく、近隣の評判になっていたのであろう。ある日牧師がやってきた。ドイツのハンブルクの生まれで、昔からいると言っていた。

八十歳にしては元気だった。

トペトロは〝キリストマスター〟と称し、とても尊敬しているようだった。

日曜日は教会に連れて行かれた。教会といっても、小屋みたいなところだった。

トペトロは私に、あまり余計なことをしゃべらずに黙って賢そうにしておれ、と注意した。

良さそうな人だったが、会って四年後に亡くなった。

いまは亡き、優しいおばさんエカリエンの墓に行ってみた。

彼女を中心にして、トペトロ、トブエ、エプペ、トマリル、という少年少女がいた。〝ト〟というのは〝さん〟という敬称で男には皆ついている。

女の場合は〝エ〟をつけると〝さん〟になる。プペさんはエプペであり、エカリエンはすなわち、カリエンさんとなるわけだ。

毎日、軍隊で最下級の兵隊でいじめられていたから、この〝土人〟たちの生活は〝天国〟に見えてしまった。

いや、もともと〝土人の生活〟というのは好きなのだ。『冒険ダン吉』などは子供の時の愛読書だった。

写真を人に見せると、よく「いつ行った時のですか」と聞かれる。どうしたわけか、私は年月日を記憶するのがとても億劫なので、いつも曖昧に答えている。

トブエというのはトペトロより年上で、のんき者だった。

トペトロは家を建て、子供を四、五人作り母親まで養っており（父親は大酋長で既に死亡）、家の横にはトマリルという自分の妹婿まで住まわせていた。

ところが、トブエはビールばかり飲んで家も建てないし、嫁さんもいないのだ。

私の顔を見ると、カネもないのにビールをおごるのだ。

私は今から考えると、気の利かない男だった。

私は、トブエに対して何もしてやらなかった。

信じられないほどヌケていたわけだ。

私が行くと、いつも防空壕（谷間にあった）の近くの水槽に彼は案内してくれた。

トブエと共に同行してくれるのは、いつも「日本語ワカル」という一言だけ、日本語を知っているお方で、これがまた親切だった。

案内中に木の実が落ちていると、刀で割り、私の口の中に入れてくれる。

仕方なく煙草を一本差し上げると、一日中、木の実を取って口の中に入れてくれる。

必ず、「日本語ワカル」という言葉がつく。

しかし、谷底の穴にある防空壕については、トペトロは常に「お化けが繁殖して困る」と言っていた。

すなわち、幽霊の類、あるいは目に見えないある種の〝霊物〟の集まる場所であったのかもしれない。

トペトロはかなり〝妖怪感覚〟を持っていたようだが、あまり妖怪の話をしなかったのが今になって悔やまれてならない。

私と最初にラバウルを訪れた〝軍曹〟は大の南方好きだった。

彼は、ピヂン語（英語と交ざったもの）を勉強し、「日本ピヂン語協会」を作り（会員は二人）、自宅には南方の花を三、四十鉢くらい咲かせていた。彼とニューギニアを訪れた時は、いつも一緒にまたトペトロのところへ寄ってみる。

トペトロのところへ泊まっても、土産にトランジスタラジオをやる程度で、私はあまりサービスをしなかったが、彼らは私の土産の十倍くらいはサービスしてくれた。私はそのことについて、トペトロの生きている間は気が付かなかった。

ホテル代くらいは払ってやるべきだった。

私は、生まれつきのコレクターだから、なんでも欲しがるのだ。

トマリルの兄貴トワルワラ（これはトペトロと同格以上の長老）のところへ行った時だった。

昔から伝わる太鼓が欲しくなった。

「これはオレの小さい時に見たドラムだ」とトペトロも言っていた。

トペトロたち二人がトカゲの皮（太鼓にはトカゲの皮を貼る）を貼っているのが古い太鼓で、その脇にあるのは新しいもの。二つとも私は持って帰った。

トワルワラはオランウータンみたいな顔だが人望があり、いろいろな行事のかぶりものなどは、すべてトワルワラのところにあった。

トワルワラは〝芸術愛好家〟らしく、踊りに使う〝ポコポコ〟というものをたくさん持っていた。

ポコポコにはいろいろな種類があり、踊りの時、両手に持って踊る。

私はそのポコポコを全部持って帰ったのだ。二、三十個はあった。しかし、家に持って帰ると、モンキーとか鳥の羽根でできたものなどは、家内や娘は気持ち悪がったので、二階の〝博物室〟と名づけた部屋にしまっておいた。

半年くらいして何気なく入ると、見たこともない蝶々たちが〝博物室〟に舞っていたのでヒジョーに驚いた。おそらくポコポコに卵でも付いていたのであろう。

トワルワラはここでポコポコの歌、「アクラウ」という歌を聴かせてくれた。

その日はトペトロは落ちつかなかった。

自動車（軽トラック）でエプペのところへ行くというのだ。トペトロは私が言わなくても、エプペに会いたがっていると知っていたらしい。

トペトロいわく、

「エプペは今子供が病気で、その看病のためにココポの病院にいる」

そこで、自動車を雇ってココポに行った。

トペトロがそこの若者たちに、昔の話を御詠歌調の節回しで感動的に語り、私、パウロ（トペトロたちは私にパウロという名前をつけていた）とエカリエン一族との交流をしばし聴かせていると、エプペがバナナを持って現れた。

恥ずかしそうにしていたが、間違いなくエプペだったので、握手をし、この記念すべき瞬間を近くにいた人間にカメラを渡して撮ってもらったところ、なんと、私の腹とエプペの腹が写っていただけだった。

いつも泊まるところはトペトロの家で、床はコンクリート、屋根はトタンでできていた。そこにどうしたわけか、ベッドが一つと、机が一つあった。

私はそこで寝起きして、〝ボーフラコーヒー〟を飲まされていたのである。

朝はパンとコーヒーだった。ある日、いつものように寝ぼけてコーヒーを飲んでいると、やけにコーヒーがドロドロしている（カタクリ粉みたい）。

おかしいと思って外に出て見ると、なんとナマコを小さくしたような、巨大なボーフラがコーヒーの中に沈殿しているのだ（かなりたくさん）。

トペトロは「煮てあるから無害だ」と言うので、そのカタクリ粉みたいなコーヒーを私はまた口に入れたが、死ななかったので、それから毎日それを飲んだ（あまり気持のいいものではない）。

なにしろ〝水〟は雨水しかないために、雨が降らないとそういうことになるのだ。

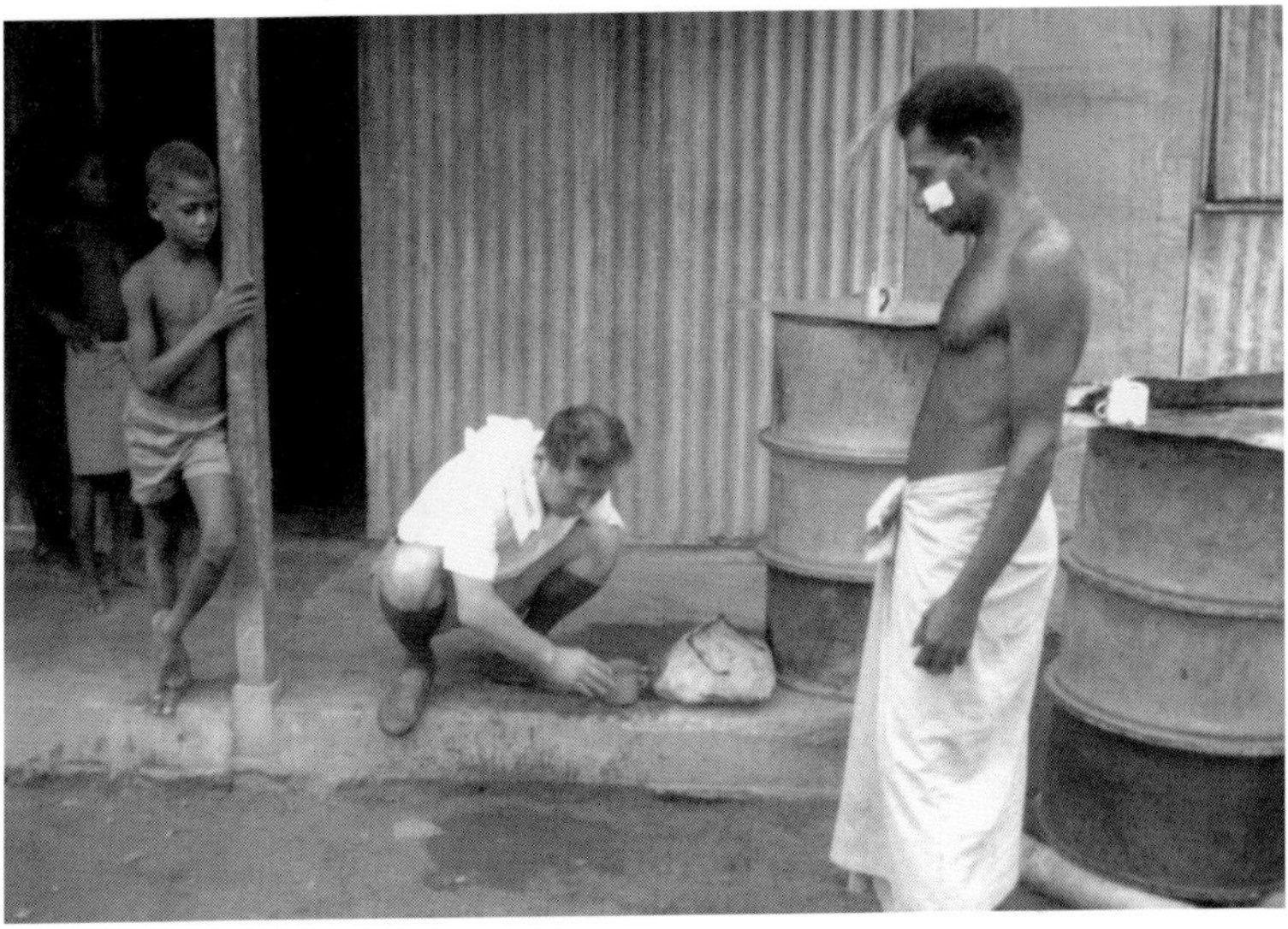

その水を溜めるのはドラム缶で、トタン屋根の雨水を溜める。

その時は水が少なかったので、茶碗に一杯の水が与えられる。

私はまずそれを口に入れてすすぎ、その残りを捨てることなく口から手に出し、顔と手を同時に洗う。

汚いかぎりだが、私はいつでもラバウルでそういう生活をしていたから、わりと平気だった。

そばに立っているのは〝食事当番〟である。

子供のトペトロの三男タミが、私の顔を洗うところを見ている。

私の洗濯は長女のエパロムがやってくれていた。

頭の良い子供で、常にパンツまで（ただし雨水の多い時）きれいに洗濯し、ちゃんとたたんでくれた。

トペトロにはしっかりした長男がおり、どこかに働きに出ていた。次男に父と同じ名のトペトロがいて、子供の時は元気だったが、長じて病気がちになった。

三男がタミ。とても元気で、あとで長男の役をする。

四男がパスカルで、長じてヒゲをたくわえるが、どうしたわけかヒゲがよく似合った。

トマリルはトペトロの妹（わりと美人）と一緒にトペトロの隣に住んでおり、常にトペトロに脅えていた。トペトロが怖かったのかもしれない。

しかし、忠実な男だった。

普通、人間の大便は高級な餌とされ、豚が食べる。

赤ん坊が大便をしたところ、いきなり豚が現れてそれをペロペロなめるのを見たことがある。

犬も欲しがっていたが、どうしたわけか、犬は赤ん坊の小便しか与えられず、小便をペロペロとなめるだけで、やせている。犬はほとんど食べるものも与えられず、椰子のコプラの腐ったものを食べたりしている。

便所らしきものはあるにはあるが、寝起きする場所から五十メートルも離れたところに廃屋みたいに立っており、私にはとても使用に耐え得るものではない。

人が、トイレをするところをじっと終わるまで見ているというのも、おかしなものだ。

私はそのころ、黒柳徹子さんのテレビ番組に出演し、貝貨（貝のカネ。カナカマネー）なぞを見せて、「水木南方天国」について、長々としゃべった。

黒柳さんは、子供心が多分に残っていたから、面白がってカン高い声を出す。私はいよいよコーフンし、何がなんだかわからんことをしゃべりまくる。

すると、番組のディレクターが何をカン違いしたのか、南方の果物をたくさん出す。それがまた〝日本離れのした〟おいしさで、つい私は続けざまにものも言わずに食べたところ、土人役の人に「ちょっとしゃべってください」と注意されたが、「もぐもぐ」としか声は出なかった。それほどその日の果物は、おいしかったので、よく記憶している。

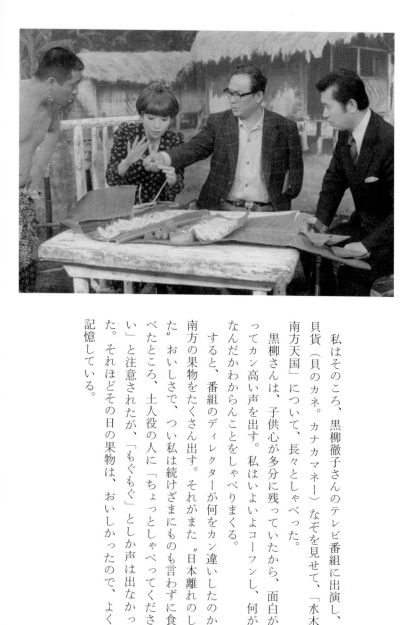

私は、南方の光を見るとなんとなく満ちたりた気分になる。

意味もなく、時間があると日本を飛び立つのがくせになった。

子供たちは、

「お父さんまた行くの」

と言っていたが、すべて担当編集者には内密の旅行だった。

「ちょっと働きすぎて目まいがするので……」

と言って逃げ出すのだ。

南方から帰ると、いつも一日中彼らの奇妙な踊りと音楽を聴くのを常としていた。

「あっ、また始まった」と、娘たちは私より先に音楽のリズムを覚えてしまった。

私はいわゆる〝南方病〟という、楽しい病気に罹っていたのかもしれない。

私はそのころ本当にバカだった。

　この〝ドクドク〟という踊りを見て驚いてしまって、どうしても日本に持って帰ると言い出してしまったのだ。

〝ドクドク〟は彼らの〝カミ〟で、この付近の長老、白髪のチアラ老が管理していた。

　これを見るためには、トライ族にならなければならないらしく、貝貨（貝のカネ）を〝ドクドク〟に捧げればよいのだ。それからチアラの立ち会いのもとに、チアラ家の裏にあるジャングルの小さい広場で行われた。

　私は無我夢中で8ミリビデオで撮り、実にテープ八本分に及んだ。

　私はその霊的、神秘的雰囲気に驚いてしまったのだ。

　不思議にも沖縄の〝アカマタ　クロマタ〟によく似ていた。

伴奏はトペトロやトマリル、トマリルの兄（長老で元村長）のトワルワラや、村人たちだった。
白髪頭のチアラ老は、私が最初行った時から老人だったが、今でも同じように白髪の老人で生きている（全く不思議な話だ）。
この時もトペトロは熱心だった。
このドクドクの踊りでリズムに酔い、トワルワラは動作が止まらず、三十分間夢想状態《トランス》にあった。私は8ミリでそれを撮った。やがてトワルワラは我に帰ったが、もともとトワルワラ氏は音楽的感性が強く、自宅（広大な敷地）にアクラウ（ポコポコの歌）と名づけた小屋を作っているぐらいだ。

とにかく〝カミサマ〟を日本に持って帰るという私の話に長老たちは驚いてしまった。

「そんなバカなこと、できることではない」というのが長老たちの意見だったようだ。

それならそれで、引き下がるのが常識というものだが、私の常識は普通と違っていた。

「どうしても持って帰る」

と言ってきかないのだ。

「なんとオレはバカだったんだろう」

と、今は思うのだが、このころは何も気付かず、朗らかなものだった。

困りはてたトペトロは〝ポコポコ〟で〝ドクドク〟を作ってやると言い出した。

なるほど、いい考えである。ポコポコというのは小さいから持って帰りやすい。

しかも、私は日本に帰る前日に、そういうバカなことを言い出したものだから、トペトロは徹夜でこれを作らなければならなくなってしまった。

ポコポコは両手に持つものだから二本必要だ。トペトロは作りはじめたが、なかなかはかどらないので、トマリルも手伝った。

トペトロはトライ族の〝カミ〟について長々と説明したが、私は半分しか覚えていない。

とにかくどうにか出発の日に間に合い、私はそれを手にして飛行場へ向かった。

トペトロにとっても、私にとっても、この〝ドクドク〟のポコポコは忘れられないものだった。

トブエが飛行場まで送ってくれた。

彼は戦争中十八歳くらいだったから、当時は四十歳近かっただろう。まだ妻も家もなかった。

その時は土地はあり、家の土台は既にできてるようだった。

あまりパッとしない男だったが、なんとなく温かい気のよい男だったので、気に入っていた。

ラバウルへは何回となく訪れ、その度に、目薬やラジオなどを持って行ったが、トブエのところは遠かったので、いつも土産は渡らなかった（後年、彼は小さな家を作り、結婚して子供を二人作る）。

ある年の年末に訪れた時だった。朝の九時ごろに、たたき起こされた。

なんのことはない、花を持っていろいろな家族が宿の前に立っていて、写してくれ、と言うのだ。

クリスマスか何かで、こういうしきたりがあるのか、正月だからなのか、しかとわかりかねたが、とにかく写さないとまずい雰囲気だったので、やたらに写した。

上の写真は前年、母親の亡くなった家族だった（なんとなく寂しそう）。

トペトロは、私が踊り好きだと思ったのだろう、やたらに葬式に案内するのだ。

彼らの葬式は全財産を投げ出すくらい使うらしい。トペトロも去年母親を亡くし、葬式にカネ（貝貨）を使ってスッカラカンになったと言っていた。

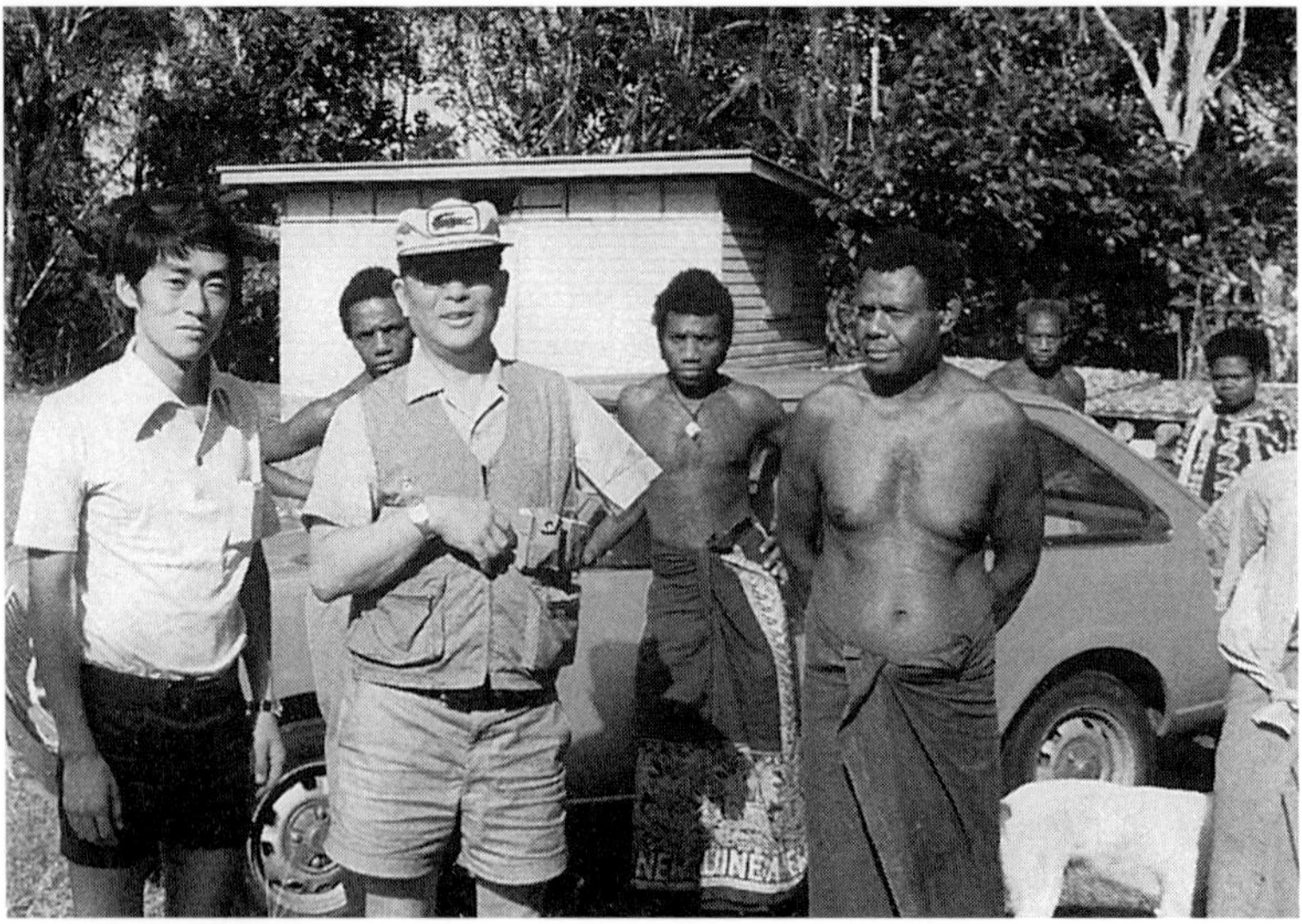

清水高富士なる人物がいた。ある日、この宇都宮大学の〝熱帯農業科〟の助教授以下、六、七人どやどやと東京の我が家に現れ、いずれもうす汚い格好だったので、好意を持ち家に入れた。

助教授は「トペトロのところへ実地学習に学生を、五、六人行かせたいので、ぜひ紹介してください」と言う。

私は「パウロ（水木）の紹介だと言えば、それだけでいいですよ」と言った。

ということで、学生たちはトペトロの畑に入ったのである。

初めは畑に天幕を張って生活していたらしいが、暑さと生活環境の悪さのために、六か月ばかりで退却ということになる。清水高富士は負傷したところが化膿して病院に通っていたのと、カネがなかったのとで、一人現地に残った。

高富士は現地女性に〝マレにみる美男〟と言われていたが、トペトロは、常に「タカフジ」と呼んで子分みたいにしていた。

現地に日本の会社があって、そこの重役がたまたま入院中の「タカフジ」を見て「うちへ来ないか」と誘い、十年ばかり彼はラバウルにいた。

何をしているかというと、木を切ったりする会社だったようだ。なかなかの働き者で、以後、私が行くと空港で待っていてくれたりしたうえに英語もピチン語もうまかったから「便利」だった。

トペトロは「タカフジ‼」といって事務所をやたらに訪れるものだから、高富士も多少弱っているようだった。

面白い取り合わせで、彼らは親友のようだった。

朝起きると、子供たちが果物を持って現れる。私はそれを全部無理をして平らげる。彼らは全部平らげると明くる日も持ってくるが、食わないと持って来なくなる。

なにも、持って来なくてもいいのにとは思いつつ、いつも私は子供の見ている前で全部平らげてみせるのだ。幸い、下痢などはしなかったものの、バカな話だ。

右から二人目は、パスカルというトペトロの一番下の子供。

しかし、二十本以上のバナナを食うのはいかにも苦しい。

しかも子供たちは、動物園のゴリラになにか食わすように、最後までじーっと見ているのだ。

それは〝苦行〟というべきだった。

バナナにもいろいろな種類があって、トペトロなどの好む短くて四角いバナナは甘味が少なく、いくらでも食べられる。

このバナナの青いものを焼いて食べると、パンみたいだ。いや、パンより少しコリコリしているから、パンとイモの間の味か。

青くて長いイギリスバナナと呼んでいるものは、中が桃色に近く、採ってすぐ食べられて、甘味も上品。

モンキーバナナは甘い。しかし、私が何でも大量に食するので、子供たちは面白がって持って来るのだ。

あるいは普通の人間でない、と思っていたのかもしれない。私が歩きながらカププ（屁）をすると、子供たちは大喜びで従いてくる。

大きなのをすると、クモの子を散らすように逃げる。なにか爆発でもしたと思うのだろう。

日本の歌をほとんど知っている不思議なオッサンがいて、

ああああふれふれ　母さんが
蛇の目でお迎え　うれしいな

から始まって、

見よ　東海の空あけて
旭日高く輝けば……

愛国行進曲を始めから終わりまで全部知っている。

守るも　攻めるも　クロガネの……

なんでも知っている。歌い始めてから二時間半、こんなに覚えられるのかと思うほど歌いまくるのだ。もちろん、私の知らない歌もたくさん知っており、それを全部日本語で歌うから驚いてしまった。記憶力がいいのだろう。

エプペの父親が訪ねてきた。

私は戦争中、エプペの父親と母親とに会ったことがある。その時、彼らは私を温かく迎えてくれた。父親は丈夫そうで、貝貨の倉を自慢そうに見せてくれた。直径二メートルくらいのかなり重い丸い輪が二個あった。大金持ちだと言わんばかりに、分厚い胸をたたいてみせたものだ。

母親はエプペによく似ていて、果物などいろいろなものをくれた。

エプペは当時十六、七歳で結婚はしていたが、私を実家に案内するということは、かなり親近感を持っていたというわけであろう。

三十年の歳月は彼女の父親を小さな爺さんに変えていた。

恭々しく握手した。彼はその時、森の中に小屋を建てて暮らしていた。

トペトロの住んでいるところはなんでも自給自足で、自由な時間もあり、天国だ。

が、それはあくまでも戦争中の話で、私の勝手な思いこみだ。今でも満足して生活している人はいないわけでもないが、若い者たちは不満だ。

というのは、ラバウルなどのスーパーマーケットにこれ見よがしに欲しいものが並ぶ。しかし、カネは一文もない。「オレたちは貧乏なのだ」ということになる。

働こうと思っても、あまり働くところもない。しかもアルコール類は椰子酒くらいしかなかったから、ビールですぐ酔ってしまい、暴力沙汰になったりする。

しかし、トペトロの長男は優秀だったらしく、ある会社の運転手をしていて、トペトロも自慢の息子だった。

事実、彼は優秀で、トペトロも自分の後を継げると思っていた。

ところがある日、自動車で子供をひき殺してしまった。すぐに、その遺族に彼は殺された。人をひき殺した場合、それは当然の報いとされていたようだ。

殺されたから、殺すというわけだろう。

妻子もあったが、彼は殺されてしまった。

トペトロと同名の次男は、どうしたわけか体の調子が悪く、ダメ。

残ったのはタミとパスカルと娘のエパロムだ。

トペトロはココアの栽培を手がけていた（これはあまり効率は良くなかったようだ）。エパロムの結婚の問題もあり、彼はコプラ（椰子の実の中にある繊維）を干して売っていた。

このコプラの商売もたいしたことはない。

とにかく、みんなで何日もかかってコプラをかます（ワラの袋）に一袋作って五千円にしかならないのだ。

彼はいつも私が行くと、袋を持って中国人のところへ行っていた。カネが必要だったのだ（その時私はバカだったから気付かなかった）。

いつも袋を量って、五千円くらいくれるのだ。

「かますに一袋、五千円は安い」と思ったが、彼らのやることはそれくらいしかないようだった。

やがて生活が向上してからは、オーストラリア米と日本の開発した（ソロモン群島で作っていた）鰯のカンヅメが最高のごちそうとされるようになり、私もよく食べさせられた。

文化人類学の本には、フィールドワークするにはまず言葉を、研究しようとする土地の言葉を、まず知らなければダメだと書いてある。

私はピチン語を覚えようと思っていたのだが、なにしろ漫画の締め切りというのは次から次にやってくるから、思っていてもなかなか実行できない。あれよあれよという間に、なんと三十年が過ぎ去ったわけで、人生あれもこれもというわけにはゆかないようだ。

その「言葉」に関連する奇妙な事件が起きた。なんとトペトロの妹、すなわちトマリルの妻が呪殺されたのだ。

トペトロの話によると、呪術には食物によるものと、念力みたいなものと二種類あるらしい。しかもトペトロはそういうことに詳しいらしい、と言っていたのは、エパロムだった。彼女は賢く、少年時代のトペトロによく似ていた。

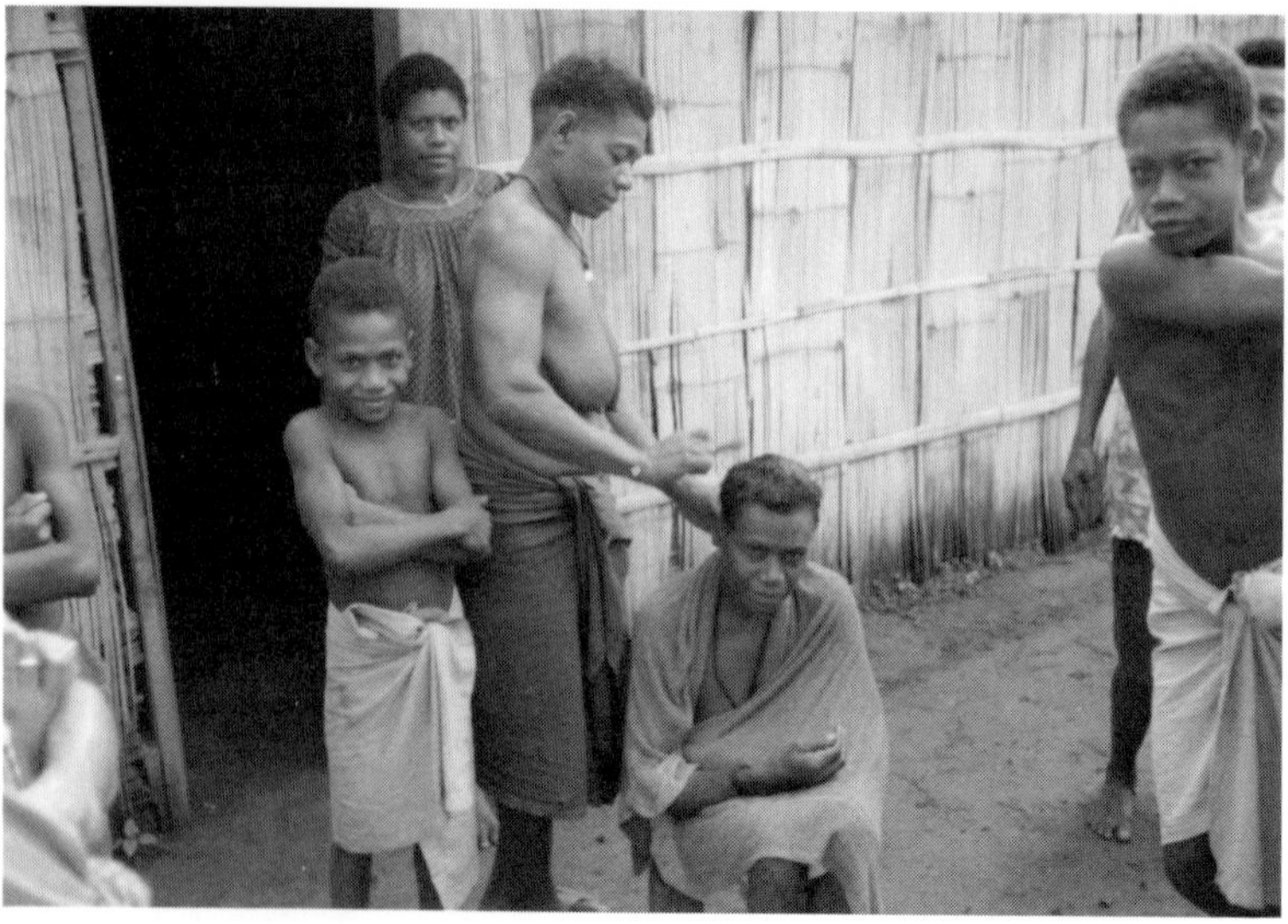

呪殺されたその人は、サンパツをしているところを生前撮っていた。

食物を飲みこめなくなってしまったのだ。

無理に飲もうとすると吐いてしまう。したがって栄養もとれない。食物による〝呪術〟で、何かを食べさせられて、このようになったというのだ。

彼女はだんだんとやせ細り、ついに死亡してしまうのだが、なぜそれが〝呪術〟なのか、ということを知りたくても、言葉の壁で詳しく追究することができなかった。

もともと私はこのトライ族の土地に住みつき、不思議なことを調べたかったのだが、人生があまりにも短すぎたようである。

「あっ」という間に七十歳を過ぎていたのだ。

ある年、三月ごろ訪れた時のこと。

祭りがあった。祭りといっても、年中行事みたいな感じのもので、なんとトワルワラが中心だった。

彼は祭りを主宰しているようだった。

前の方には男の集団。その後ろに女性たちがいた。

やがて歌が始まり、どうもその歌はトライ族が守るべき掟みたいなものを歌っている気がした。

一番前に一番大きな声で歌う一番大きな男がいた。

トペトロに聞くと〝トチル〟という者だった。

トペトロはトチルの歌を聞くと大いに笑うのだ。

トチルは正式に歌を歌っていない、間違いだらけだ、とトペトロは言う。

トチルは〝トチル〟わけだ。そう言ってトペトロは面白そうに笑う。

祭典が終わると私はトワルワラに呼ばれ、メガネをかけた長老らしき者と写真を撮った。

その長老らしき者はこの奇妙な元日本兵を不審げな目つきで見た。

すると、トワルワラとトペトロはしばらくメガネ長老と話しこみだした。それから目つきが変わり、一緒に写真を撮った。

間もなくトチルがトペトロの家に来た。面白い男なので私と一緒に写真を撮った。

彼は大まかなおとなしい男だった。

私は日本に帰るとなにくわぬ顔して『鬼太郎』をやっていた。

鬼太郎たちは実はいわば、トペトロたちなのだ（あまり大きな声では言えないが）。

どこかなんとなく〝違った〟人々。

しかも温かい。鬼太郎を守る側の一団のお化けたちはトライ族の方々に近いのだ。

いや、これは私の主観的な話で、本当にそっくりというわけではない。

トライの方々のほうが日本人より人間本来の姿に近いのではないか、と思っていた。

日本人はトライの方々に比べてねじ曲がっているように私には見えるのだ。

あまり金儲けに参加したがらないが、愛嬌愛婦があって、どこか豊かである。鬼太郎の世界は彼らに似ているのだ。

（写真は某デパートでの『鬼太郎展』のスナップ）。

いろいろなことがあっても、トペトロの村はのんきだ。

トブエのヤツはまだ結婚もしてないし、家もない。

トペトロはどんな病にも効くというふれこみの木の葉を持ってきて見せたが、その採取場所はどうしても教えない。

そんなものがあるのかなぁと思いながら、私はごはんを包んで食べてみた。

べつにおいしくもなかった。

「これでお前は健康になるだろう」

と、トペトロは言った。

トマリルの説明でトペトロの土地の広さを測ってみたが、広大なものだった。

トマリルによると、これよりも大きい土地をもう一つ持っている、それは丘の上にあるとのことだった。

世の中にはいろいろな人がいるもので、『パンツの穴』という映画をプロデュースした杉田とかいう人がいた。ゼヒ『お父さんの戦記』をやりたい、映画にしたいというわけだ。

「あんたラバウルロケしたら何億、ですよ。沖縄あたりにしてみたらどうですか」

と言うと、

「いや現地でやります」

彼はあくまでも〝詩人〟だった。とにかく現地に行くので同行してくれというわけだ。

私はちょうど締め切りが重なっていたのでキゲンが悪かった。

しかし、行かないわけにはゆかない。結局、戦争のあったズンゲンにヘリコプターで飛んだ。

人のいないところはいいもので、なんとなく気が休まる。

　行ってみたらみたで、面白くなってきて、私は土人の役で出演します、と言った。

「どうして土人の役で？」

「いや、終戦の時、面白いのがいたんです。その演技は私でないとできないような気がして……」

「面白いのって？」

「いや、昔、兵隊はカナカ・アイヒカと呼ばれた草を食べていたのです。日本のせりみたいな野草でうまいのです。終戦後、村に入って採ってはいかん、と土人たちが言い出したのですが、私はそんなこと知らなくて、土人が二、三十人いる前で採り始めたら、その中の一人がだめだと言いかけたんです。するとみんながパウロは別だ、と言うのでその土人は〝いや、採ってもいいんだ〟と態度が豹変したんです。その動作がとても面白かったので、私がやってみようと思ったのですよ」

と言うと、〝杉田詩人〟は面白がり、ゼヒやってください、ということになった。
が、やはり、カネがかかりすぎるのだろう、結局とりやめになった。ヘリコプターなんか使って、とんだ〝もの要り〟な下見《ロケハン》だったと思う。
ラバウル市長といってもどうも格はトペトロの下みたいだった。トペトロにはばかに遠慮するのだ。
トペトロは、私の推理だが、〝神官〟みたいな役をしていたのではないか。というのは、トペトロが亡くなった時、トペトロのように〝霊格〟が高くなれば云々、と周りの人間が言っていたのを聞いたのだ。

写真はラバウルの活火山を調査に来ていた、「日本人だけれどもアメリカ人」。日本語もできる人だった。

中央がトペトロで、右がラバウル市長。

ラバウルの火山が噴火するというのはこのころ（一九八四年ごろ）から言われており、ラバウルの華僑は思い切って引き揚げてしまい、ラバウルの町は少し寂しくなった。

全部の中国人が引き揚げたわけではなく、中華料理店などは残って、アイスクリームの天ぷらなどをやっていた。

実際に噴火したのは十年後だったが、この時の中国人の退去の早さには驚いた。

その噴火でラバウルは完全に無くなった印象だから、中国人の引き揚げは賢明だった。

ニューギニアのウエワクでウエワクホテルというのを経営している川端という冒険家がいた。

「わしはアマゾンかニューギニアに住みたいと思ってました」

と言っていた。一日コーヒー十杯、煙草百本、食事はほとんどそれだけらしい。

あまり寝てもいないらしい。

「そうねえ、明け方とろとろとまどろむ程度ですかねえ」

という、仙人みたいな人。私はニューギニアをテレビの人とともに探険したのだが、同行してもらった川端さんが一番怖かった。彼はどんなところでも平気なのだ。

真の冒険家というやつだろう。恐らく死ぬとわかっていても心が乱れない感じの人。

「マラリヤなんか恐れることはないです。マラリヤになれば、それはそれでいいですよ」

といった具合。

二、三日カヌーに乗ったが、屋根がなく、日焼けで手の皮が二回むけた。チリ紙のように手や顔の皮がむけるのだ。

まあ、悪い時期ではあった。テレビの人たちが「こういう地獄から一日も早く帰りたい」と言っても、川端さんは平気だ。笑いさえ浮かぶほど平気だ。

しかもコーヒーと煙草で生きているのだ。しかも六十歳という年齢!!

世の中には、すごい人もいるもんだなあと思った。

セピック族のワニの祭りを見た。

さらに奥の方に行くと、大小便ができなくなった。というのは、歩行中蚊が竜巻のように各個人の頭の周りを舞い、小便しようにも大切な一物がいっせいにたかられて真っ黒になるのだ。オソロシイ。

七、八年前に行った時だった。
エプペは子供の病も治り、病院から帰って来ていた。

エプペの最初の夫、トユトは終戦後、ビールを飲みすぎて死んだ。

そのころはトユトは元日本のソルジャーボーイと称して、一種の軍夫みたいなことをしていた。その後、エプペは別の男と再婚したが、その子供が病気をしたというわけだ。

間もなくその夫も病気になり、長い間家で寝ていた。そういう不運のためか、エプペはだんだん元気がなくなる。

この時はまだ元気だった。

彼女の家の周りは芝生になっておりなかなか快適にしていた。エプペは趣味も上品で、着ているものの色合わせも上手だった。

ラバウルのホテル（ホテルといってもアパートみたいなもの）に出没する〝虎造〟なる土人がいた。

「しょうばいしてます」

と言って、パラオまで行って作り方を修業してきたという、猿の形の煙草入れを作って売っているが、あまり芳しくない。

おそらく戦争中、日本兵に〝虎造〟という名前を頂戴したものとみえる。行くと必ず会う。家は火山の先の島だと言っていた。ある日のこと。

「あなたよく来るねぇ、トペトロのところなら私、案内しますよ」

と言う。

「いや、私は道を知ってる」と言うと、

「あなた知らないの？　トペトロは引っ越しましたよ」

と言うのだ。

その時はテレビの人と一緒に行ったので、道に迷うわけにはいかなかった。

虎造が私のカバンを持って案内した。

「トペトロの元の家はどうなってるのか」

と聞くと、

「そのままだ。トペトロは土地持ってるからね」

と虎造。

なるほど、行ってみると丘の上にあり、前よりもとても広く、気持ちのいいところだった。

食物が食べられなくなる呪術で妹（トマリル夫人）がやられたから、引っ越ししてみたくなったのかもしれない。

どうしたわけか、トペトロは老いていた。いや、私も老いていたのかもしれないが……。

驚いたことに、私の別荘が造られていたのだ。

私が家族に書いた手紙を生真面目に受け取り、トペトロ宅に私が永住すると思ったらしい。

私の心の中には、そういう考えもないわけではなかったが、なにしろマンガのために時間を取られ、なかなか実行できないのだ。

私一人ならいいが、アシスタントなどたくさんの人を抱えているから、カンタンにやめられないのだ。

いずれ行こう行こうと思っているうちに年をとってしまった。

将来はラバウルのトペトロのところに住みたいという考えは前からあった。

それは将来のことで、今すぐとは思っていなかった。

知らない間に年月が経ち六十七歳となっていたわけだ（将来がなくなりかけていた）。

死んでいてもおかしくない年齢なのだ。

自分だけはいつまでも若いと思っていたが、トペトロのほうはもう時間がないと思ったのだろう。

〝水木しげるラバウル別荘〟が建っていたのだ。

彼らは本当に住み込むと思っていたようなので、非常に驚いた。

考えてみれば、ここに落ちついてもいい年齢なのだ。

中はなんと冷房しているみたいな涼しさだった。

外側の壁になっている〝草〟の効果らしい。

青い草のようなもので壁を作っているのがコツらしい。

かなり涼しいので驚いた。

私はこの「偶然の機会」にフンギリをつけるべきだったと、今では後悔している。

あまり真面目に考えていなかったのだ。

仕事のことを考えていたのだ。

とにかく、手紙の読み違いからか、トペトロたちは私が住むと確信している。「永住しない」とは言えなかった。とにかく「また来る」と言った。

そしてトペトロに、彼の長年の夢であった中古の自動車をプレゼントした。

中古自動車はラバウルに住んでいた「セキコ」さんという日本女性から買った。黄色い自動車で、「鬼太郎」の絵を描いて渡した。

「セキコ」さんはどうしてラバウルに来たのか？

あるオーストラリア人が日本にやってきて、商売の関係で通訳を必要として新聞広告を出したらしい。

それに応募したのが「セキコ」さんで、そのままそのオーストラリア人とゴールインしてしまった。その夫がラバウルで手広く中古車の販売をしていたので「セキコ」さんはラバウルに来ていた。

ラバウルには彼女の母親も一緒だった。

トペトロもよく知っており「セキコ」「セキコ」と言っていた。〝美人〟である。

彼女から黄色いトラックを買ったのだ。

トペトロは何を考えたのか、会食を始めた。

村の有力者たちを集めての祝いみたいなものだった。

彼はこの時、
「長年の恩が、初めて返ってきた」
と言った。

おかしなことをいうなぁと思ったが、考えてみると、長年トペトロのところへ行っていたのに、私は彼に何も与えなかったのだ。

彼らはものもないのに、かなりサービスしてくれていた。

私はそれがあたりまえ、と長年思っていた。

少し私はぬけていたのだ。

ブタやイモを、すすめてくれたが、腕ぐらいの大きさのイモを一個食べると腹いっぱいになる。私は食べないと悪いような気がしてすすめられるままに、まずい（失礼だが）料理を山のように食べさせられて苦しかった。

翌年、NHKの番組の企画で、私が戦争中歩哨に立っていて敵に襲われたバイエンに、娘同伴で行ってくれというので、バイエンに行った。

バイエンは全く昔のままだった。

生きて再び、バイエンを訪ねるとは考えてもいなかった。私は〝ヒジョーに〟うれしかった。

ヘリコプターで下の娘（悦子）と行った。

この辺りは本当に原始のままだ。

木の緑、水の色や風の音まで「原始」だ。

そして人々。これがまた「原始」だ。

都会のケガレた空気を吸っている人間と違い、「原始」の木々や海が醸し出す精妙な空気を吸っている人間は、笑い声だって「天使」の笑いだ。人の密集している東京から来ると全くの別天地だ。

私が歩哨に立っていた木は、大風のために倒れていたが、まさか娘とそこを訪れようとはカミサマでもわからなかっただろう。
残念なことに、そこの酋長オラエットは死んでいた。私が二、三年前、ズンゲンに行った時、土人に「バイエンのオラエットはまだ生きているか」と聞いたら「生きている」と言っていた。
なにしろ現地で戦死した者たちを片付けたのはオラエットたちなのだ。
オラエットに聞けば遺品だって集められたし、なによりも当時の様子を詳しく聞くことができたのだ。オラエットはソルジャーボーイとして日本の海軍に雇われていて、私のところへよく遊びに来た。

しかし彼は、バイエンの酋長でもあり、敵側の「スパイ」でもあった。

こちらの人数、兵舎の大きさを彼はオーストラリア側に通報していた。

しかし、私とはバカに仲がよく、いつもしゃべっていた。彼がスパイだということは後年わかったことだ。

しかし、日本側の兵隊の死体は彼らが処理したに違いないから、遺骨の場所等もすべてわかると思っていたので残念だった。二年早く行っていればよかった。

現在の酋長になにか遺品はないか聞いたら、小銃があると言った。「見せろ」と言ったら、「今そのボーイは畑に行っているから帰ってから見せる」と言ってくれた。

とても懐かしかった。

人間は自分が死ぬかもしれないと思った時の記憶は、ハッキリ覚えているものなのだ。

この写真は、私が戦争中、海づたいに逃げた場所をヘリコプターから撮ったもの。

帰りにラバウルのマーケットに寄った。果物でもなんでも売っていた。

なかには、カンガルーと犬との中間のような動物を焼いたのもあった。

ラバウルは前にも記したように、近日中に火山の爆発がある、ということから華僑が引き揚げていたため、町は静かだった。しかし、マーケットには人がたくさんいた。

トペトロのところへ行くと、トペトロは大いに喜んだ。娘とは初対面だった。

近所にはエパロムが住んでおり、子供が三、四人もいた。

トペトロは末っ子のパスカルと一緒に住んでいた。

パスカルはまだ独身だった。ラバウルには会社が少ないから、彼は畑仕事をしていた。

エパロムの話ではパスカルがトペトロを殴ったという。言うことを聞かない子供にトペトロは厳しい。いつも男の子をスパルタ式で殴っていたようだから、パスカルに殴り返されたのであろう。

トペトロも老いたのだ。

娘と一緒に撮ってくれと言うので、撮った。

彼は、体の調子が悪いと言っていた。

彼の家は丘の上にある。その下は子供たちの畑になっていた。エパロムに案内されたが、かなり広く、とても回りきれなかった。

日本に帰ると、つげ義春さんが「マンションを売るに当たって、保証人になっている水木さんのハンコをくれ」と言ってきた。ちょうどその時に、ラバウルから手紙と写真が来た。

見ると、なんとあの自動車、私が買ってやった自動車がメチャクチャになった写真なのだ。

文面によると、三男タミが酔っぱらい運転で谷底に落としたらしい。

改めて見ると、すさまじい廃車ぶりだった。

タミはその事故でも無傷だった、というからよほど運がよかったのだろう。

とにかく、その写真を送ってきたということは、「なんとかならんか」というわけだろうが、こんなにペチャンコになったものは修理もなにもできるものではない。

私は驚いてしばらく妙案もなかった。

もう一台買ってくれということなのかなあ、と思ったが、家内に相談すると、「反対」と言う。次の機会を待つことにした。

英国のコリン・ウィルソンなる〝神秘家〟がいる。なかなか博学で、私も二、三冊読んだことがあるが、田舎の境港に帰っていた時、ちょうどウィルソンさんも来ていて、ある出版社から頼まれて、対談した。

まず『妖怪大全』を渡すと、ウィルソンさんはあっと驚きの声をかすかに上げ、

「ワタシは大英博物館に行って驚きましたが、二番目の驚きはこの妖怪大全です」

と言う。やさしい、変わったオジサンという感じだ。

「アナタのように妖怪が見られると楽しいでしょう」と言うので、「私はべつに見られるわけではない。少し感じる程度だ」と答えたら、「それでも羨ましいデスね」と言う。

トペトロとの別れ

それから間もないころだった。

三階の屋根裏にある妖怪の仮面などをながめていると、家内が手紙を持って来た。「トペトロが亡くなったからすぐ来い」とある。

すぐ来いと言われても、すぐには行けない状況だったので、長女の夏休み（学校の先生をしている）に二人で行くことにした。

長女は、生まれつきの南方好きで、ほとんど南方を歩き回っているが、トペトロのところだけはまだ行っていなかった。

まさかこんなに早くトペトロが死ぬとは思っていなかった。ついに長女は生きたトペトロとは会えなかったわけだ。トペトロの話は子供の時から聞いているので、よく知っていた。

まず、いつものホテルで〝虎造〟に会った。例によって、

「ワタシが案内します」

と言う。仕方がないから（案内賃として）彼の椰子の実で作った下手くそな彫刻を二体買った。

虎造の話によると、トペトロは突然亡くなったらしい。脳血栓とか、脳溢血とかではなかったか。

葬式をしないまま墓地に埋葬してあると言う。

「あなたたちが来るのをみな待ってます」

さっそく明くる日行くことにした。

ついでにエプペの死も知らされ、二度びっくり。

彼女とはトペトロと一緒にマーケットに買物に行ったのが最後だった。

明くる日トペトロのところへ行ったが、誰もいなかった。

主が死ぬとこうまで寂しくなるものかと驚いた。

周りは信じられないほどシーンとしているのだ。

虎造は私がやってきたことを畑の方に向かって叫んだ。

すると間もなく、ガサガサという音がしたと思うと、ケダモノのようなものが首にまとわりついた。

同時に、「うわーっ」という鳴き声とも叫び声ともつかぬ声。

パスカルだった。

パスカルは私の落ちた帽子を拾うと、大きな声で泣き出した。

トペトロのことを改めて思い出したのだろう。

この写真は長女撮影。

続いてトペトロの妻が泣きながら近づいてきた。

改めて〝死〟という、人が〝いなく〟なってしまう哀しさを味わわされた。

行くと必ずトペトロは大勢の人とともに現れたものだ。マトマト（墓）に案内され、私は仕方なく、そういう格好をするしかなかった。

何者かに向かって祈ったのだ。

マトマトには何にもなく、土盛りと花が植えてあるだけだった。

私と娘はトペトロの墓を拝んで、パスカルのところへ引き揚げた。

どうもトペトロの親や妻は末っ子と一緒に住むようだ。

家にはエパロムたちがムームーを作って待っていた。
トペトロの家では、今、三男のタミ（自動車を壊した息子）が長男の役をしていた。
ムームーは、塩気が少ないため私は苦手だが、彼らがすすめるので食べた。

タミは言うのだ。

「昨夜親父の夢を見た。ポコポコを持って現れ、明日パウロ（私のこと）が来るから、大切にもてなすように、と言って消えた」

夢でトペトロを見た……。

「それまで親父の夢は見たことがない」と彼は言った。

「今回偶然〝夢知らせ〟に遭い、不思議に思っている」

と言う。

私はそれを聞いて、「なるほど」と思った。

今でも私の家にあるポコポコは、十二、三年前トペトロが徹夜で作ってくれたものだ。私たち二人にとっては、想い出深いものなのだ。

〝霊〟は何かを通信する。両者にとって、一番わかりやすいものを通信に用いる、という話だから、トペトロの霊は、一番わかりやすいポコポコを持って現れ、タミに知らせたのであろう。

タミはとにかく後にも先にも、親父の夢を見たのは一回だけだ、と言った。トペトロがいなくなった寂しさが家の中に充満していた。それほど〝トペトロ〟の存在は大きかったのだろう。

〝虎造〞はしんみり聞いていたが、やおら口を開き、

「あなた、どう思いますか。トペトロがあなたに会いに来たのですよ」

と言う。

トペトロの妻やエパロムも神妙な顔をして聞いていた。

私は、やはり〝霊〞というのはいて、少しくらい通信することができるのだなあと思った。

戦時中、私が敵にやられて逃げる時、これが最後だと思って、親に〝通信〞を送ったことがあるが、復員後母に聞いてみると、

「夜、お前が岩場みたいなところを一所懸命逃げている夢を見た」と言っていた。

人間には奇妙な通信能力みたいなものがあるのかなあと思っていたが、やはり、あるのだ。

トペトロの場合〝死者〟なのだ。死者が、私が来ることを夢で予告した、ということになるわけだが、やはり〝霊〟というのは死後も存続するのか、と思ってみたりもした。

いずれにしても、戦争を知っている世代はだんだん減っていった。

私は帰る途中、トブエを訪問した。彼は今では二十歳くらいの子供もおり、もう老人になっていた。

トブエの妻は人なつっこく、私が行くといつも野菜をくれたものだ。

彼は温かく迎えてくれた。

トペトロとの五十年は短いようだが、やはり長かった。

タミはわざわざホテルまで来て言った。

「二年後の七月二十日に必ず葬式をするからぜひ来てくれ」

すぐにしないのは、おそらくカネがないためだろうと思った。

兄弟が五人いるが、以前、エパロムと中華料理屋に入ってラーメンを注文したところ、エパロムだけ食べない。おかしいと思って、見ていると、なんとビニール袋にそれを入れて持って帰ったのだ。

家族で分けて食べよう、というわけだ。貧しいのだ。

とても葬式なぞ出せない。

彼らの葬式は集まった者にカネ（貝貨）をプレゼントするのでかなりたくさんのカネが要るのだ。

私は日本に帰り、また多忙な日々を過ごしていた。

奇人、いや、大学者、荒俣宏（本名アリャマタコリャマタ）氏がニューギニアの黒い人々に並々ならぬ興味を示した。

アリャマタコリャマタ氏にとって、興味のないものは存在しない。地球上のあらゆるものに興味がありすぎて、旅行ならぬ、新型のフィールドワークをして世界中を回っている御仁だ。

しかも二十年くらい前（いや十年くらい前かな？）からいろいろマンガの解説なんかを書いてもらったりしていた恩人。

そのお方がこともあろうに、ニューギニアに行く、とおっしゃるのだ。

行かないわけにはいかない。費用は出版社が持ち、担当者まで従いて行くという話。さっそくニューギニア行きとなり、旅の初めにバイニングダンスを見た。

バイニングダンスというのは、ラバウルの先住民、バイニング族のダンスで、老人が夢で〃精霊〃に会い、そのような仮面を作ればいろいろと災いを除去することができるというようなことから始まったらしい。〃火祭り〃で〃ぬりかべ〃のようなカンバンのお化けも出てくる。

私は将来これを研究しようと思っていたが、七十二歳になり、その大切な〃将来〃という時間がなくなってしまった。

アリャマタコリャマタ氏は熱帯魚が好きで、少しくらい海が荒れても飛びこみ、わずか二センチくらいの熱帯魚を捕り、枕みたいな海水のビニール袋に入れて日本に持って帰るのだ（ごくろうさんデスね）。

私は市長のパイブ氏にバイニングの仮面四十体を日本に送れと言って頼んだ。

時は過ぎ、待望の二年が経った。

「二年後に葬式するというのは本当だろうか」と長女に言うと、

「あれだけ約束したんだから、必ずあると思う。行くと約束したんだから必ず行かないとだめ」

七月の末ごろ、娘二人とノンフィクション作家の足立倫行氏と雑誌編集者二、三人と（家内は猫が二匹いるので留守番だった）で行った。

なにしろ、葬式は約束した日に必ずあると確信していた。

ラバウルに着いてなんとなく静かなので、元市長のパイブ氏に聞いてみた。彼はいまや旅行会社とガソリンスタンドを経営している〝事業家〟である。

「そんなこと知らないな」

という言葉にびっくりギョーテン。

こりゃまたどういうことになったのか。

トペトロの元の家にいるトマリルに聞いてみた。

「どうしたんだ葬式は」

「そんなもの知らないよ」

「バカ、タミが約束したんだ」

「そうかぁ」

といった具合。空は曇ってくるし、なんとなく、うら寂しい感じだし……。

とにかくこのまま引き揚げるというわけにもいかない。私も困ってしまった。

これという中心となる人物も見当たらないし、とにかく、パイブ氏に相談してみることにした。

私は英語が心もとないので、足立倫行氏とともにパイブ氏に相談することにして、皆はホテルに引き揚げた。

「お金を出すなら、私が一肌脱いでもよい」

と、パイブ氏は言う。

「葬式に必要な費用は私が全部出す。とにかく、古式にのっとった葬式をやってくれ」

と言うと、パイブ氏は、

「よし!!」と、ヒザを叩いた。

彼らの葬式というのは、まず豚から用意する。参加したすべての者に何かをふるまい、喜ばせなければならない。

踊りを踊った人とかドラムを叩いた人など、すべてカナカマネーを渡さなければいけない。

葬式は私たち家族が〝喪主〟ということになってしまった。

まさかトペトロの葬式を私が出すとは夢にも思っていなかった。

結局、カネがないのだ。トペトロの息子たちは食うのが精いっぱいなのだ。

向こうの〝貧乏〟は日本の〝貧乏〟と違って〝本当の貧乏〟なのだ。

私はニューギニアのキナ（貨幣）をトペトロの息子たち、トマリルたちに袋に入れて分配した。

明くる日が、葬式だった。

マトマト（墓場）に行くと、きれいに掃除されていた。

村の牧師はトペトロのように〝徳〟の高い人は天国に行けるだろう、と言った。

次に讃美歌を皆が熱心に歌い、そのあと私に日本式にやれと言われて、またまたびっくりギョーテン。かたわらの足立倫行氏がお経を持っているというので、それを読みあげなんとか形をつくろった。

そして、食事が出た。エパロムたちが一所懸命作ったものだ。

パイブ氏は土まんじゅうだけのトペトロの墓に箱を置き、トペトロの〝徳〟を讃えた。墓石がないので墓石を作るための寄附を村人に呼びかけた。

そして、今回の葬式はトペトロの友人パウロ（水木さん）が出してくれた、という意味のことを言った。

これで終わりかと思っていると、トペトロの昔の家のところへみんなが行くので、従いて行くと、どうもそこが本会場らしいのだ。

パイブ氏にジャングルに連れて行かれ全員が黒い服を着せられた。顔に灰みたいなものをこすりつけられた。

「おー」

というので誰かと思ったら、トチルだ。

彼はヒゲを生やし、そのヒゲは白髪になっているのだ。

二十年前は青年だった。年月の経つのは早いものである。

この地上に生まれて人生とはなんだ、人間とはなんだと考えているうちに、解決策もないまま五十年が経ってしまったが、考えてみれば〝人間として生まれた〟ということは不思議なことではある。

不思議だと思いながら、そのまま死んでいくわけだが、なかには、先人（例えばおシャカさんとかキリスト）の解決策を頂戴して、ありがたく死んでいく人もいる。

人生はあまりにも短い。トチルのように、木や石と同じような人間になって、木石とともに去るのも素直でいい（いやそれが本当なのかもしれない）。

なんて思いながら、トチルに手を振った。

カチカチカチカチとトマリルたちが竹を叩いて出てくると、踊りが始まった。踊りはあまり元気がないので、パイブ氏にすすめられ私も踊った。

水木センセイの大サービスである。群衆は笑いながら見ていた。

どうも人気があるようなのでやめられず、しばらく踊らされた。何回もトペトロのところに来て聞いた歌だったし、踊りもほとんど知っていた。

昔、トマリルたちが「お前、日本人じゃない、トライ族だ」と言って笑ったこともあった。

もともとここの歌舞音曲が好きで、現地除隊（現地で復員すること）しようと思ったほどだったのだ。

会場にはどこから持ってきたのか、貝貨（カナカマネー）がたくさん飾ってあった。

そして豚の小さいのが皮をはがれて置いてあった。後でみんなで分けるつもりらしい。

パイプ氏は踊りが寂しくなることを予測してか、自分の村からたくましい踊り手二、三十人と囃手（楽団）二、三十人を連れて現れた。会場は引きしまりたくさんの人が会場を囲むことになった。

私はすぐさまビデオカメラマンに早変わりし、エンエンとこの踊りを写した。

この葬式が始まる前、彼らのカミであるトンブアナ（ドクドクともいう）に男性は全員面会したのである。

家の横に椰子で囲われた柵があり、その中には誰がいるのかわからないよう、柵がかなり高くしてあった。

その中に男は一人ずつ呼ばれ、入ると同時に柵の椰子の葉がガサガサと揺すられる。

何事が起こったかと思うと、トンブアナの形をした男が目を血走らせて（この男はトチルだった）、

「お前は何者だ‼」

という意味のことを言う。ドギマギしていると裏口から出される。それで、秘密結社に入ったことになり、トペトロの葬式に〝仲間〟として参加する形となるらしい。

要するに、トンブアナは〝祖先神〟でもあるようだから、その同意を得たのであろう。

やがて村人たちの踊りが終わると、トンブアナが現れた。

トマリルたちは太鼓を一段と高く鳴らしてトンブアナを迎え、トンブアナの踊りに合わせて合唱した。

形も踊りも、昔から私の気に入っているもので、いずれトンブアナの研究をしようと思っていたが、トンブアナに一番詳しいトペトロが去り、私も老いてしまった。

人生は短すぎるようだ。

葬式が終わると、来ているみんなに品物を配らなければいけない。

私は貝貨（カナカマネー）を三十センチくらいに切ってもらって、踊りを踊った人とか太鼓を叩いた人に配った。

娘たちは品物を全員に配った。米やカンヅメまであった。

参加している人々は、私がどこかで見たような人たちばかりで、トペトロが常に言っていたカンデレ（同族）だったのだ。

元市長のパイブ氏は細かいことをいろいろ指示しなければならんから（日本人にはわからないことがたくさんあるので）大変だったようだ。

彼もまた良き人である。

トライ族の〝良心〟であろう。

トチルたちと長く話をしたい気分になっていたが、考えてみると、私はあまり言葉を知らない。

それでもなんだか知らないが〝仲間〟みたいで楽しかった。

まさか私がトペトロの葬式をするなどとは夢思っていなかった。

むしろ、私のほうが早く〝あの世〟に行くだろうと思っていた。

人生はわからんものである。

私と娘二人と足立倫行氏と編集者二人は、夕方に引き揚げた。

楽しくも哀しい複雑な一日だった。

下の娘はなぜかトチルが好きだった。トチルはあまり歌も真面目にやっていなかった。何となく生きてるような人間だった。それが前から私の気に入っていた。

もともと人間は虫や木と同じように生き、黙って素直に死ねばいいのかもしれない。

それを、「虎は死して皮を残し、人は死して名を残す」とか「西周立志伝」などといって、やたら努力して成功して「価値あることをしたからお前らもそうしろ」と言われる。

〝誤まった知識〟を押しつけられ、学校の成績が悪いといい大学に入れず、奇妙な劣等感を持たされたりする。

〝現在の奇妙な常識〟というやつが、どうも私と相入れない。私はよく、お前はなぜ土人のところへ行くのか、と聞かれるが、私は〝野性好き〟なのだ。〝原始好き〟と言ってもよい。

言わせてもらえば〝文明嫌い〟なのだ。

人間が動物や虫や木や石よりもエライと考えるようになってから人類はおかしくなったのではないか。

〝ブンメイ〟が妙な方向に向かってしまったのだ。

そして、生きがいをなくし、幸福を忘れてきた、とみている。

私は、戦争中歩哨に立っていたバイエンに、再度訪れた時、木が人間に化したような人々を見て、その〝素直な野性〟に酔った。

その辺りは本当に原始の自然のままなので、木や石や海が知らない間に人間を教育するのだ、と私は考えている。

私は最後の貝貨を配り〝葬式〟は無事、終了した。

トペトロは野に返り、すべては終わり静かになった。

トペトロは大地に返ったのだ。

葬式にどうしたわけか、トブエが来ていなかった。

「トブエはどうした」と聞くと、「死んだ」という説と「病気だ」という二説があり、定かでなかった。

おかしなことだと思って翌日、車で行ってみることにした（トブエの家は徒歩で行くには遠かった）。

パイプ氏は「古式に則ったトペトロの葬式はどうだった」としきりに感想を求めるので、「非常に良かった」と答えると、満足していた。

彼はトライ族の最後の長老だ。

昔はパイプ氏やトペトロみたいな土人が多かった。トペトロも常に言っていた。

「昔のほうが良かった」

私も同感だ。考えてみると、昔はみんな若かった。

明くる日、トブエのところへ行ってみると「トブエは病気だ」と言う。
「せっかく来たのだから、会わしてくれ」
頼んで家に入ると、トブエは寝かされていた。
私が来たことを告げられても何もわからなかった。
「老人ボケ」なのか気が狂ってしまったのか、とにかく全然、ダメなのだ。
顔を見ようともしないし、逃げるようにするばかりだ。
トブエの妻がいろいろとりなしたが、全然だめだった。
おかしくなってしまっているのだ。
トブエの一生も、本当に食うだけの生活だった。

私はパイプ氏に、パイニングの巨大な仮面、四十体を日本へ送るよう頼んでカネを渡して帰国した。
私の考えでは（というより、ウォーレスの意見だが）、〝この地球には大昔から人間と発達過程を異にした、目に見えない知性体がおり、それを知らないことには地球はわからない〟すなわち、人間はわからない。
その〝知性体〟を仮に〝霊〟と名付ければ、（昔の教祖が触れたものも〝霊〟だったが）、彼らはそれを人間の知性でこねくり回し便利なものとした。すなわち、宗教だ。しかし、〝宇宙の知性体〟はそんなに便利すぎるものでもないはずだ。
原始的な世界（例えばアフリカ、ニューギニアなど）の人々は何気なく感じている（通信している）。仮面とかそういうものの中に、何かが隠されている、そう思い、かつそれを感じているので、私はいろいろと集めているのだ。

それから約一年後、ラバウルの火山が大爆発した。
そして、ラバウルもトライ族（トペトロたちの種族）も熱い灰のため、カイメツした。
その写真がニューギニア大使館の医官をしておられる、久家サンという、〝奇人〟から送られてきた。
奇人は奇人を呼ぶ。お互いに〝奇〟を以て固く結ばれている。「水木用語」で奇人というのは、尊敬を意味する。すなわち、貴人である。

椰子の木は葉を上に向けている。我々はそれが当たり前だと思っていたが、久家サンは「椰子は、生きるために葉を上に向けて支えており、かなり努力をしていた」と言う。
なるほど‼　と私は膝を叩いた。久家サンが見た時、熱の灰で椰子の葉は垂れ下がっていて、椰子は死んでいたのだ。

見よ。椰子の葉が久家サンが言われるように見たこともないほどしぼんでいるのだ。

久家サン、いや久家先生は椰子の話からさらに進めて、手紙で力説されていた。

木は全部仲良くしているわけではない。木は根で話をしている。

近くの木でも嫌いな木とは話をせず遠くの〝好きな〟木と〝根〟で話をしているということだった。

ある雑誌に、同じようなことが〝発見された〟と出ていた。

私は改めて久家先生の偉大さに舌を巻いた（先生とはセピック河の冒険に出かけることになっている）。

トライ族はその地が灰で埋まり、引っ越したという。全滅したわけではないが、かなりの被害でつてのある者はオーストラリアに引き揚げ、ラバウルは無人の町と化した。

時は去り、形のあるものはいずれなくなるだろうが、私とトライ族の奇妙な交遊は次の代に受け継がれていくかもしれない。
久家先生の話によると、ラバウルはこのまま終わらせて、別なところへ新しいラバウルをつくる案もあるという。
私は四十体のバイニングの仮面を入れるべく、倉庫を作って待っていたが、すべてフイになってしまった。すべては想い出とともに遠くに行ってしまったのだ。トペトロの墓もパイプ氏の家も戦争中いた防空壕も、すべて灰に埋まってしまったのだ。
しかし〝トペトロとの五十年〟は、奇妙な楽しみに満ちた五十年だった。

Banks agree on setting up services at Kokopo

By ABBY YADI

COMMERCIAL banks have agreed to restore "on the ground" banking services at Kokopo, the alternative centre for East New Britain, as well as undertaking to assist in whatever way possible.

Representatives from Westpac, PNG Banking Corporation, ANZ Bank and Bank of South Pacific, all members of the PNG Commercial Bankers' Association, met yesterday and resolved to establish temporary operations "as soon as feasible" at Kokopo, but said they would need all the support from the Government.

The association representatives also met with Emergency Services Director General and Controller of the Rabaul disaster, Leith Anderson to suggest their proposals and ask for Government assistance in setting up banking services.

Westpac managing director and Association chairman Neil Glover, told the *Post-Courier* after their meeting in Port Moresby, they would firstly need safe and secure buildings, good communication links and staff to start up those services.

He said the banks also want to be sure

DEVASTATION ... an old man lingers in front of a grove of ash-laden coconut trees at Rakunai in a scene tragically reminiscent of the 1937 eruption. *Picture by GRACE MARIBU*

Anderson: Rabaul partly destroyed

By STEVEN MAGO

HALF of what used to be Rabaul town has been completely destroyed and it may take a long time, even years to reconstruct and rehabilitate the township, says Disaster Control-

Mr Anderson also admitted that his organisation and the East New Britain provincial

forcibly moved to safer areas, even against their wishes.

Mr Anderson also issued a warning yesterday to some people in the town area who has taken advantage of the situation and taken to looting

"Our intention is to get the people to quickly recover from this disaster. We have learnt from Bougainville. We don't want to keep people in care centres. We want them to get back to their villages as soon

the drum

MADANG Administrator, Wep Kanawi, has come up with a new version of presentation of sporting trophies. Asked to do the honors at presentation of awards at the National Softball Club Championships in Madang at the weekend, Wep did the Manus dance each time a recipient of a prize was called up, ending with the elaborate hip gyrations.

SO impressed with his style, softball officials 'officially' asked him to join up as an umpire for softball, saying his style was better than the hand signals used by softball umpires. Over to you, Wep.

OUR sincere thanks to PTC for helping yesterday to airlift some relief supplies to our small team now based in Kokopo and Vunapope. Thanks also to the DCA boys for flying our films back to Port Moresby. The end result is evident in today's *Post-Courier*, with the pictures portraying the huge damage wrought by nature.

OLD-TIMERS looking at today's pictures of the limp-looking coconut fronds will dip back in memories to the pictures of similar scenes after the 1937 eruptions, when Vulcan rose out of the sea

▲火山が噴火した時の、現地（ポートモレスビー）の新聞の見出し

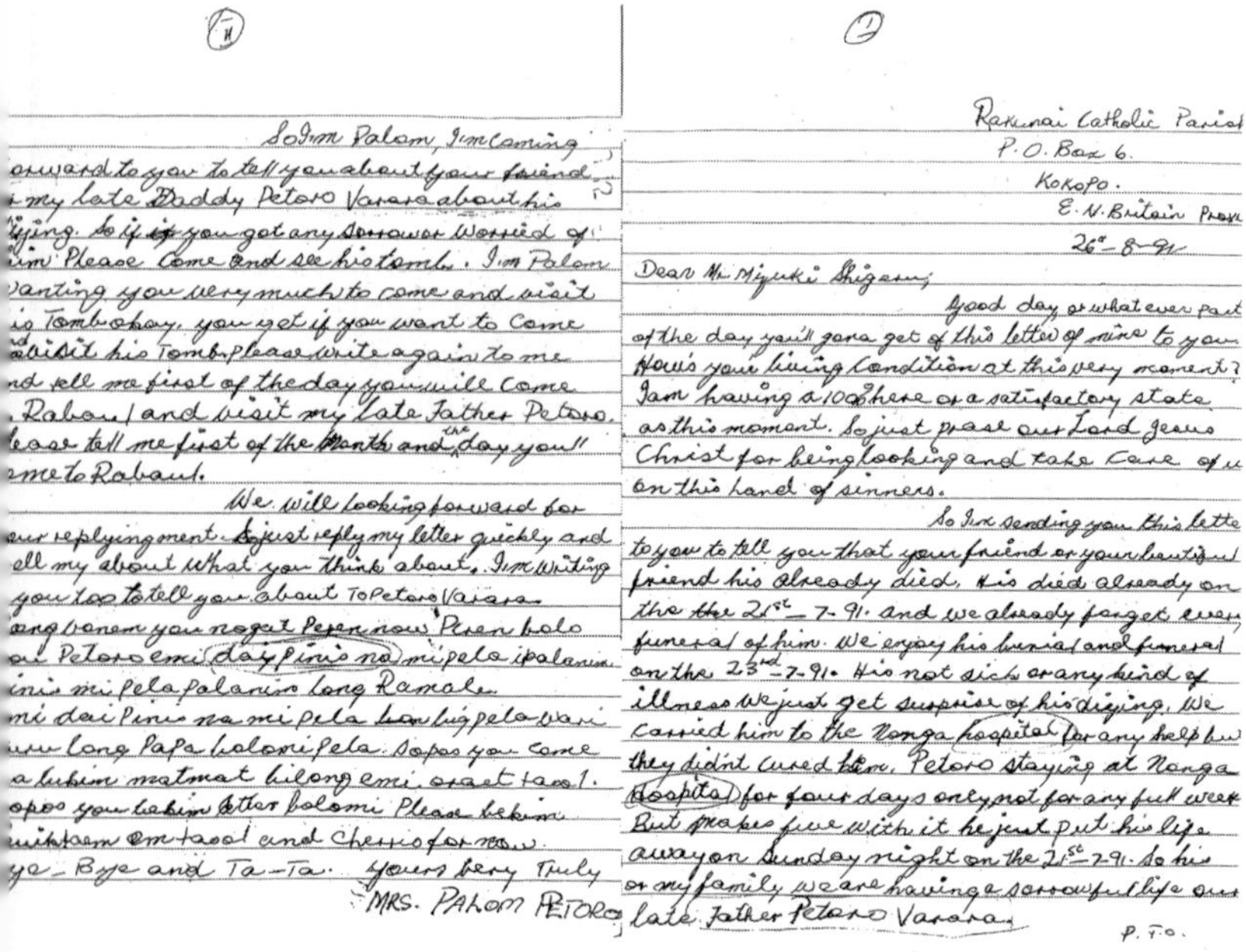

④

So I'm Palom, I'm coming
orward to you to tell you about your friend
n my late Daddy Petoro Varara about his
ying. So if you got any sorrow or worried of
im Please come and see his tomb. I'm Palom
anting you very much to come and visit
is Tomb okay. you get if you want to come
and visit his Tomb please write again to me
nd tell me first of the day you will come
Rabaul and visit my late Father Petoro.
lease tell me first of the month and the day you'll
me to Rabaul.
We will looking forward for
our replying ment. So just reply my letter quickly and
ell my about What you think about. I'm Writing
you too to tell you about To Petoro Varara
ong vanem you nogat Pepa now. Pren bolo
i Petoro emi dai pinis na mi pela i palanim
inis mi pela palanim long Ramale.
mi dai Pinis na mi pela krai bigpela wari
ong Papa bilong mi pela. Sapos you come
a lukim matmat bilong emi orait tasol.
apos you lukim letter bilong mi Please lukim
uiktaem em tasol and Cheerio for now.
ye - Bye and Ta-Ta. Yours very Truly
MRS. PALOM PETORO

①

Rakunai Catholic Parish
P.O. Box 6.
Kokopo.
E.N. Britain Prov.
26th-8-91

Dear Mr Miyuki Shigeru;
Good day or whatever part
of the day you'll gona get of this letter of mine to you.
How's your living condition at this very moment?
I am having a 100% here of a satisfactory state
as this moment. So just prase our Lord Jesus
Christ for being looking and take care of u
on this land of sinners.
So I'm sending you this letter
to you to tell you that your friend or your beautiful
friend his already died. His died already on
the 21st-7-91. and we already forget every
funeral of him. We enjoy his burial and funeral
on the 23rd-7-91. His not sick or any kind of
illness We just get surprise of his dying. We
carried him to the Nonga hospital for any help but
they didn't cured him. Petoro staying at Nonga
Hospital for four days only not for any full week
But makes five with it he just put his life
away on Sunday night on the 21st-7-91. So his
or my family we are having a sorrowful life our
late Father Petoro Varara.
P.T.O.

▲トペトロの死を知らせてくれた手紙

特別収録

初めての ラバウル再訪 アルバム

1971年12月

※これは『鬼太郎』を描いたころイタズラに書いた架空の水木プロ訪問記である。

「墓場プロ」訪問記

記者は青林堂の命を受けて京王線に乗り込んだ。調布という、うす汚い駅を降りて、足が十センチくらいめり込むぬかるみのような道を行くと、袋小路のどんづまりのところに「墓場プロ」があった。後ろに寺があって葬式の鐘の音がやかましかった。

ブザーを押すと、水木先生を小型にしたような赤ん坊が出てきた。

赤ん坊の案内で奥の奥にある暗い仕事場に行くと、見慣れない人たちがいた。

水木先生とスカンクに似た助手とゴボウに似た人が手伝っていた。

その横にお化けみたいな人が二人ばかりストーリーを練っていた。

隣の寺の葬式の読経が聞こえ、私は自分の臨終のような妖しい落ちつきを覚えた。

「どうして〝墓場プロ〟というような名前がついたのですか」

「それはですね」

ガムをかみながら水木氏は言われた。

「べつに大して意味はないのです。墓場まで落ちれば、これ以上落ちるところはありませんからね。それに万人が行く終着駅でもありますよ」

その間、水木氏の一本の手はビンソクに煙草、菓子、鼻くそ、というふうに動く。

「人生は死の上に立っているのですよ。人はそれを忘れようとする。いや、考えまいとする。

しかし死ほど厳然たる事実はありません。

人は死というものがあるがゆえに、仲良く物を分け合わねばなりません」

隣の寺の読経が激しく聞こえる。

「すべての考えの根底に死というものを置くべきです。だから私は人々に死を意識してもらうために墓場プロとつけたのです。それから……」

話がクライマックスに達しようとしたとき、訪問客が現れた。

「桜井です」とその人は入ってきた。

私は水木氏のマンガに出る、あの金馬のような顔を見たとき、自分が水木氏のマンガの中に溶け込んだような気がした。

氏は自分の周りの者をことごとくモデルにするらしい。

ドアが開いて半ぺんのような水木氏の奥さんが現れたときには二度びっくりした。

水木マンガに常連として活躍しているあの顔なのだ。

水木氏はスカンクのような助手に合図して、私の顔をじっと見つめていた。あっ、うっかりすると私も端役にされはしないか、という恐怖心に襲われたその時、到底文字では表現できない臭気を持った湿っぽいオナラが私の鼻をかすめた。墓場プロの連中は何事もなかったように静まりかえっていた。

私はそれがかえって不気味に思え、あわてて外へ出た。薄暗い神社に迷いこんだりして調布駅に着いたのはもう夜だった。どうやら水木氏は最近訪問客が多すぎるので、スカンク助手を特別に雇っているのではないか、と思われる（訪問される方に参考までに記しておく）。

特別収録

娘よ　あれがラバウルの灯だ

尚子、悦子

お父さんがどうして小学生のお前達をラバウルの土人部落に連れてゆくのか、それを話しておかなければならん（今までそのことは一言もいわなかったから……）。

そうだなあ、今から二十九年前、戦争というものがあって、戦争というのは鉄砲を射ちあうものだと思っている人があるが、めしを十分に食べて、寝て、風呂にでも入って、上等の下着でも着てやれば面白いかもしれないが、兵隊となればブタのような生活（ブタのように十分めしは食えないが）で鉄砲をうたしてもらうのは敵がきてから、その時は万事おしまいで、それまでの日常生活というのがとてもつらい。わずかの米と塩の汁で三百六十五日すごし、たまにカボチャの芽が入ったりするが、それで働くのは人の三人前、一時間の休みもない。その上に毎日なぐられる。

なんでなぐられるのか質問すると半殺しの目にあう。やがて敵がやってきて、爆撃をうけ、お父さんは手をやられて片手になり、大発という小さな船で後方にさがったが、悪いことに血液型をわすれてしまって輸血もできず、病院にたどりついた時はドロだらけで青い顔をしていた。病院といっても、雨が降ると滝のように水が顔の上に落ちるバラックだった。栄養失調で頭の髪の毛がうすくなり、傷もなかなかなおらず、その上に重いマラリヤになってしまった。片手で自分の頭の上に飯盒《はんごう》に水を入れてもっていたが、熱が高いと頭がおかしくなるのでひやすためだ。悪いことは重なるもので、一本の手にカサブタのようなものができ、それが手袋をはめたようになり、残る一本の手も使えなくなってしまった。

その上に、その頃めしの配給は一日にぎりめし二個ぐらいだったから、とてもお腹がすいて胃袋がなければいいと思ったくらいだった。このままでは死ぬかもしれないと思って、食べるものを探しに出かけた。しかし、なかなかない。木の葉のシンを食べてみたが、とっても食べられない。ある日山の中に大きなぜんまいがあったので、大喜びで切って食べてみたが、えがらっぽくてだめだった。うっかり広い所へ出ると、敵の飛行機が常に頭上におり、機銃掃射をする。走ろうと思っても、体の中心がとれず、走れないので椰子の木にかくれたりしたが、いったんみつかるとしつこかった。

お父さんは土人にパウロと呼ばれた

お父さんが休み休み歩いていると、すみ心地よさそうな土人部落へ出た。青い胸までの高さの木と花にかこまれ中に五、六軒の家があり、中には高床式のもあり、昔の縄文人の部落のようだった。いやその時のお父さんには天国の部落にみえた。こんなすばらしいところで生活したらどんなにいいだろうと思いながら、ぼんやりながめていると、中から、わりにシャンとしたおばさんが出てきた。こちらが笑うと、むこうも笑った。言葉は通じなかったが、「前世の因縁」とでもいうしか説明のつかないような親しみがあって、やがて少年が出てきた。お父さんは少しピチン語（英語と土人語のまざったもの）を知っていたので、少年と話をした。少年はトペトロ、おばあさんはイカリアンといった。ちょうどめし時だったので、土人たちはめしを食べはじめた。イカリアンは指をさして、食べてもよいといった。そこでお父さんは腹がへっていたから、モシャモシャと食いはじめ、そこの部落全員が食うくらいのものをみんな食べて

しまった。すると、イカリアンもトペトロもおこり出した。トユトとエプペの食物がないというのだ。トユト（男）とエプペ（女）は新婚で高床式の家におりただならぬ騒ぎに出てきた。

エプペは色が黒いが美人だった。五、六人で話をしていたが、食べてしまったものはしようがないということになったのだろう、お父さんは無事にかえされた。

病院では一ヵ月に一箱くらいの煙草の配給があったので、二、三日してから、煙草をもっておとずれた。その時エプペとトユトはパンの果《み》をとっており、イカリアンもトペトロもいなかった。

トユトとエプペは火をおこし、パンの果を焼き出した。焼けるとエプペがお父さんのところへなげてくれる。この時もまたトユトやエプペの分まで食べてしまった。

煙草をやるとトタンに機嫌がよくなり、高床式の家に案内してくれた。中に入るとへんな本がある。みるとバイブルだ。ローマ字で書いてあったので、大きな声で読むとやたらにパウロという名前が出てくる。それ以来、お父さんは土人からパウロと呼ばれるようになった。

土人のところへ行って、いろいろなものを食べるようになってから、すっかり元気になり、手の傷も快方にむかい、静かにかいでみると、赤ちゃんのにお

いがする。新しく生れ代るようなにおいだった。

毎日くる軍医さんにその話をすると、

「そうだ、我々はお前の傷を保護しているだけだ、お前の体の中にお前の傷をなおす力があるのだよ、自然良能といってね……」

〝なるほど、目にはみえないけど、なにかが守っているんだなあ、自然は我々を守ってくれているんだ〟とお父さんはその時思った。

そうだ、そういえば土人の心にも「自然良能」みたいなものがある。考えてみると目にはみえないが、この大地にはお母さんのような心があって、いろいろなものにまじってお父さんを助けてくれているのだ、お父さんの体の中にも、また軍医さんの心の中にも、また土人の心の中にも……。

いや木や石の中にだって、気づかないけれども、そうした思いやりの心があるかもしれない。

やがて傷もなおる頃には、めしの配給も少なくなり、とてもガマンできなかった。そこで土人にもらってばか

りもいられないので、お父さんは畠を作ることにした。

岩山の草をむしっていると、トペトロがやってきて「そんなところじゃあなんにもそだたない」という。どこがいいかときくと、部落のまわりがいいという。

お父さんは早速上って（彼等の部落は小高い山の上にあった）形のいい木の下を、ヘラで掘りおこし芋を植えにかかった。そうするとイカリアンが出てきて、

「だめだだめだ」と手をふる。

よく話をきくと、そこはペケペケ（糞）地帯だったのだ。すなわち土人の便所だったのだ。なるほど、三、四十センチおきに、土人のペケペケが埋めてあるではないか。お父さんはびっくりするほどとびあがり、そこをのいた。イカリアンに事情を話すと、畠を作ってやるという。芋といってもいろいろある。一番うまいサツマ芋は、中が紫色で小型である。

お父さんは、前からその芋をたらふく食べてみたいと思っていたから、イカリアンに、ムラサキの芋を植えてくれとたのんだ。

やがてトペトロが病院にやってきて、パウロのガーデン（畠）ができたという。

やがてシンシン（踊り）の季節になった

喜んで行ってみると、三十坪ばかりの畠ができ芋が植えてあるではないか。むこうの畠はジャングルを切りひらき、木の根をとったりするので大変なことなのだ。部落総出でやったんだろう。その時エプペの妹がきていた。火をかこんで落花生なんかをもらって食べる。

もうその頃は、お父さんは土人とトモダチになってしまって、とても気持よくむかえられていた。土人のトモダチ、というのは日本でいうと家族といったような意味なんだろう。お父さんはエプペの妹がいたので、いろいろ話をして、エプペの両親が近くにおり酋長をしているというのでゆくことにした。

エプペのお父さんは、小さな貝を針金のような棒にさしこんだ貝のお金をたくさんもっており、まずそれをみせどうだすごいだろう、といった目つきで貝のお金をたたいてみせ、お父さんに一メートルばかりくれた。この小さな貝は、三センチで煙草の葉一枚、四センチでパパイヤ一個、十センチでバナナ五本と交換できた。

夕方までいて、夜道をかえると、道端に光る木があってまるで童話の世界に

入ったのではないかと思うほどだった。

　しかし軍隊なので、お父さんがあまりよく土人部落にゆくことが分り、土人部落にゆくことをとめられた。しかし、お父さんは、かくれながら相変らず行っていた。お父さんがいつもの通り穴の中でねていると（そのころ兵舎は穴だった）トペトロが緊急連絡にやってきた。

「大切なパウロの畠が荒らされている」というのだ。お父さんはムラサキの芋を腹いっぱい食べるのが生きがいだったから思わずびっくりしてトペトロと畠に行ってみると、電信隊の電柱が一本立っていた。芋にすれば五六本の損失であろう。それにしてもよく気をつけてくれるものだと思い、トペトロに褌《ふんどし》をやった（当時は褌でもキレは貴重なものだった）。トペトロはそれでマスクを作り、文化人気取りだった。やがてシンシン（踊り）の季節になり、土人たちは、シンシンの話でもちきりだった。どうしても土人の踊りがみたいと思ったので、さそってくれといった。

　その頃お父さんは傷がなおったので、片手だけれども、毎日働かされていた。ちょうどめし上げ（食事当番）のとき、トペトロやエプペが、目を輝かしながらやってきて、「パウロ、シンシンだ！」という。

　お父さんは他の兵隊にバナナ一房やるから、食事当番を代ってくれといって、シンシンをみに行った。その頃のバナナ一房は大へんなものだった。ジャング

ルを入ってゆくと、太鼓の音がきこえてくる。すると土人たちは興奮し、走り出すのだ。イカリアンまでが、お父さんを追いぬいて、キャッ、キャッとインディアンのような叫び声。お父さんも思わず走ってころんでしまった。シンシンの会場にゆくと三百人ばかりの土人がおり、おどろいたことにトペトロのお父さんが大酋長（酋長のそのまた上）だった。

ニコニコとお父さんをむかえ、一番良い席でトペトロのお父さんといっしょに踊りをみた。もうお父さんもその時はコーフンしてラバウルに骨を埋めようと思ったくらいだった。

四列にならび、四、五十人の土人が、大地をふみならし絶叫するすさまじい踊りが始まった。

それがジャングルにこだまし、なんともいえないすばらしいものだった。踊りとか芸術とかいったものは、元来こんなものだろうと思った。それは内からほとばしり出る叫びだった。

やがて踊りはすすみ、百人ばかりのメリー（女）たち

が絶叫し出した。すると男たちは、トカゲの皮の太鼓を一せいにたたき出す。大地にこだまするはげしい絶叫と興奮だった。

しかし雨にぬれたりすると、すぐマラリヤになった。あるとき熱が十日も下らず、とうとう頭がおかしくなり、雨の中をジャングルに迷いこんでしまった。もうだめだと思って気を失ったとき、他の戦友に助けられたが、それ以来、動けなくなり、みんなの好意で穴の入口にねかしてもらうことになった。

食物もないし、土人部落にもゆけなくなってしまった。そうしたとき、ぼんやり外をみると土人の少年があいている。お父さんは呼びとめて、

「パンの果とバナナをもってこい」というと、夕方には必ず部落からそのものがとどけられた。そんな生活を二、三ヵ月していると、また元気になった。こうしてお父さんはいくどか土人のおかげで命をつなぐことができた。この大地にはたしかに〝母なる神〟がいるのだ。

土人たちは物がたくさんあって、もってくるわけでは

ない。みんな貧乏だ。財産は釜が一つあるだけだ。あとはジャングルの中に焼畑がある。

お父さんはいつも思っている。この文明社会で、一生働いてみたところで何のたのしい時があるだろう。いまの世の中はわずかの間（七十年）生きるのに、あまりにもたくさんの物を必要としすぎる。電気センタク機から冷蔵庫、カー、別荘、家……。果ては効くどころか、害のあるくすりまでお医者さんにのまされる。別に物がたくさんあるからといって幸福になれるわけでもない。

お父さんはお前たちがやがて大きくなり、サラリーマンと結婚し、さまざまなストレスになやまされながら一生をおくると思うとゾーッとする。

とてもこの釜一つの土人の幸福には及ばないだろう。

地上にはこういう人間もいるのだ

やがてお父さんが土人と親しいということは有名な事実になり、よく日本兵が土人とケンカになると引っぱり出されて仲裁の役をした。たいてい芋泥棒で、土人は、「なにもやらんというのではない、腹がへってればやる。しかしだまってとることはない」という。たいてい土人の方が筋が通っているので、仲裁はいつも苦戦した。

そのころいろいろな事情で方面軍の命令で土人部落に行ってはならないとい

う命令が出た。悪いことにそのあくる日、お父さんは土人部落の入口で、巡察の将校とパッタリ出会ってしまった。

もちろんなぐられたけれども、ただではすまないだろうと思って、夜、将校室の前を歩いていると、みんなで議論が始まっていた。

「あれはもう気狂だから、オリにとじこめねばイケナイ」と老大尉が絶叫していた。

だが中によく軍刀をわすれる軍医大尉がいたが、その人がオリに入れなくてもいいと、お父さんをかばったので、いちおうこの事件はおさまったが、お父さんは、それでも自分の方針をかえず、土人のところに行っていた。しまいには将校がみても、わざとみないふりするようになった。

やがてムラサキのアカウカウ（芋）も実が入りかけた頃、終戦になり、病院は穴から出て移動することになった。

お父さんは重い足をひきずって土人部落にいって、

「もうお前たちと別れるときがきた」といった。みんなが口あんぐりあけてきいていたが、やがてみんなイカリアンの家に集まった。

みんな口をそろえていうのだった。家も作ってやる、畠も作ってやる、日本を脱走してこい、というのだ。とくに、未亡人のトブエが熱心だった。イカリアンやエプペは、台上を指し、やがて我々のシンシン（踊り）の会場もできる、

という。

こんな青空の下で生活し、夜は虫のオーケストラをきき（日本で考えられないほど大きな声で虫が合奏する）、ひるは小鳥のさえずるのをきけば（日本の鳥より不気味で原始的なさけび声で鳴く）、まんざらジャパンにかえらんならんこともあるまいと。

お父さんはその夜よく軍刀をわすれる軍医に、現地除隊の話をきりだした。

「もちろん現地除隊はできないことはないが、そんなバカなことをする奴はラバウル十万の将兵の中に一人もいないだろう、とにかく一度日本にかえってからにすべきだよ」と力説する。

考えてみりゃあ当然だ。心配そうに通りかかったトペトロに、やはり日本にかえることになろうと告げて、その夜はねた。

なんという心の楽園なのだろう

あくる日になって部落中の土人がやってきて、穴の入

口は時ならぬにぎわい。いったい何事が起こったんだと日本兵は目をパチクリ。

「イカリアンがひどくかなしんでいる、行ってやってくれ」というのだ。みるとみんな真顔だ（土人は普通笑顔）。お父さんも真面目な気持になってイカリアンのところへ行った。イカリアンは老人だったが、日本の老人と違い、みんなから大切にされており、自然にそなわった大地の母だった。みんないろいろな少年少女たちが、イカリアンの周りに集っているのをみても分る。

お父さんも、たかが土人という心は、心の片隅にないこともなかったが、彼等の真実の前にはやはり真面目に考えこまないわけにはゆかなかった。そしてイカリアンに約束した。「十年たてば必ずくる」。すると部落の者は一せいに口をそろえて「ダイピニス」（死んでしまう）という。

だから、三年でどうだとトユトがいう。三年ではとてもここにくるだけの金はできないと思い、七年で約束した。

「七年したら必ずくる」と。

やがてイカリアンたちはプチ（家畜としての犬）を丸焼きにし、ふるまってくれた。お父さんはそのヤセ犬が、毎日糞やつばを食べて生活していたのを知っていたから食うのは気持が悪かった。それにその犬は毛が抜けていた。土人は大ばんぶるまいのつもりでキャッキャッとはしゃいだ。

いよいよ移動ということになると、エプペの親父までやってきて、固い握手をした。それは力のこもった真実の握手だった。ポカンとみていた外の日本兵には、おそらくこの土人たちの握手は理解できないものだったろう。

お父さんは日本に帰ってからずっとその七年の約束を気にはしていたが、旅費もなかったし、日本はアメリカに占領されてゆけもしなかった。

やがて二十八年の歳月がながれ、お父さんは生き残った戦友といっしょに、土人たちのところへ行った。トペトロは生きており、エプペはココボの病院にマラリヤで入院していた。イカリアンやトユトはもう死んでいた。

部落の者は集まり、「パウロよくきた」といった。トペトロは妻を二人もった酋長になっていた。短い言葉の中にも文明社会ではみられない味があった。そして真実のこもった黒い顔が幾重にもお父さんを囲んだ。

なんという心の楽園であろう。お父さんが二十八年前に味わったオドロキは、ずっと生きていたのだ。

お父さんが、万難を排してお前たちを土人のところへ連れてゆくというのは、地上にはこういう人間もいるのだ、ということと、万一生活に困ることがあれば釜一つぶらさげてゆくのもよい。彼等こそほんとうにたよりになれる人間なのだ。いずれにしても蜂が大地に卵を生みつけるように、お父さんはお前達の頭の中に精神的遺産でも生みつけるような気持で、ラバウルへ連れてゆくのだ。

特別収録
トペトロの葬式
TORAZDO

手紙ですよ
なんだトペトロが死んだという手紙じゃないか
これで三回目じゃないの
すぐ来いということですよ
しかしいま行けば犠牲は大きいよ
でもトペトロとの交際は五十年になるんでしょ?
いや正式には四十七年だ
きっと盛大な葬式でもあるのでしょ
そういえばそうだけど

じゃあすぐ行こうちょうど夏休みだし
雑誌の人にはこれこれの事情で連載中止すると言っとくわ
上手に言っといてくれ
下手すると殺されることがあるからな
ゴーン
南方はラバウルに飛んで、トペトロのところを訪れたがバカに静かだった。
こりゃあいったいどうしたんだ!?

あんなに手紙を寄こしておいて……
案内の虎造《とらぞう》にきいてみたら？
虎造というのは昔、日本兵がつけた名前。
あなたなにかまちがえたんじゃない？
バカッ手紙が何度もきたんだ
二時間くらいすると、トペトロの長男のタミが現れた。
ヤァ
ヤァじゃないよさんざん手紙を寄こしておいて何もないじゃないか
そうしき？
おまえたちゃあ葬式で呼んだんじゃないのか！
あそれにねんごネ
二年後!?

まっ はいれっ *ムームーが できてる
おいしい ですよ
たべ なさい
きのう おやじの ゆめ みた
夢？
モグ モグ
おやじの ゆめは はじめて だ
？
ポコポコ もって あらわれた
なにか ゆったか？

あす みずきが くるから たいせつに もてなすように と いった
みずきさん ムームー たべなさい
食べてる 食べてる
それにしても おやじが ゆめに あらわれる なんて めずらしい ことだよ
それで 葬式は いつなの？
うーん にねんごの しちがつ にじゅう いちにち にするヨ
二年後の 七月 二十一日……
そうか …… わかった
じゃあ 二年後に 来ますよ

そう言って別れた……。
ゴ
いやあ忙しいときに時間のムダだったよ
二年後に葬式するなんてそんなしきたりなんだろうか?
わからんたぶん金が無いんじゃあないのかな?
それにしても約束の二年後の七月二十一日には行かなきゃならないわ
約束したんだから
それにしても今回のヘマはなんだ!!
そして二年後……。いろいろなことがあり、またなすべきことも多く忘れかけていた……。
いよいよトペトロの葬式の日だね

うーん そうだな 万難排して 行かな いかんナ
行くのは 何人？
六人だ
六人も!?
大学館の 北村さんと ノンフィクション 作家の山北さん カメラマンの キャメル氏 悦子と おまえだ
じゃあ さっそく 手配するワ
あれから 二年か……
JAPAN AIR LINE
早い もんだナァ
あっ 飛行場 に セキ子さんが 来ている
セキ子さんと いうのは、この前トペトロに 中古自動車を 贈ったときの 町の 自動車屋さんだ。 もちろん 日本人。
RABAUL AIRI
明日 いよいよ トペトロの 葬式ですが すべての案内を 虎造に まかせますか？

だめですよ 虎造は ボリますよ
ピクッ
チャッ
じゃあ 元ラバウル市長 だった コリラ氏に たのみますか
じゃあ コリラさんの 事務所に ゆき ましょう
オーッ ひさし ぶりネ
氏はまず 葬式が 行われるかどうか 内偵してみる 必要が あると いうことだった。
おこなわれる ならば じかんを ホテルに しらせるヨ
はっ 水木です
なにごとも おこなわれないヨ

なにごとも行われないというと葬式はないということ？
そうネ
ちょっと待って下さいこちらから行きますから
まってるヨ
とにかく話が推理小説風になっているので山北さんも同行して下さいよ
いやここまで来て葬式がないなんて怪談ですよ
いまさら言われても日本から六人も来ているしそのうえ二、三日中にテレビも来るようですからネ
OFFICE
まっはいりなさい
とにかくここまで来てなにもないでは困ります
そうネ……それならばトペトロのはかでかんたんなやつをやりますか

そりゃあ ないよりは いいですねえ
では キリスト マスターを はかばに よんで やりますか？
讃美歌 ですか？
もっと クラシックな 踊りは ないですか？
あっ 「トンブアナ」 のこと ですか それは ありません
そりゃあ だめです 「トンブアナ」 の踊りが なかったら だめです
と いうと ……
彼の目は 急に輝いた。
「トンブアナ」が なかったら 葬式とは いえない！
その 通り！

それやれば
このような
けいさんに
なる
なんでも
いい
トライ族の
しきたりに
添うたものが
いいです
ぼくは
そのころから
自分が
自分でないみたいな
奇妙な心境に
なっていた……。
盛大な
ものを!!
それでは
あなたが
モシュに
なるのだ!
喪主!?
い
いいでしょう
水木さん
大丈夫ですか?
かなりな
金額ですよ
パチ
パチ

いいですヨ
あなたがそのきになればやりましょう
ぼくは何者かに引かれるように……というのであろう葬式が終わるまであまりハッキリ覚えていない。
わかったのは帰るときスッカラカンになっていたということだけだった。
あくる日目が覚めるとコリラ氏が黒の喪服姿で立っており、
全員ジャングルで黒の喪服に着替え、顔に白いものをつけられ墓に向かった。

「ルルアイ《長老》」のようなただしいせいかつをおくればてんごくにゆける
コリラ氏にあとは日本式にやれと言われ水木はあわてた。
ちょうどここに般若心経《はんにゃしんぎょう》があります
はんにゃはらみーた
と読んでなんとか急場をごまかした。
食事も出たことだしこれで終わるのかなあ？
モグモグ
いやどうも本当の葬式は向こうらしい

あ　これは……
トライではシキにでるためにはこのなかにはいる
なんだ?
なかにはいる
キャー
オー
ウワー
シーッ!

ど
どうした
んだ!?
だまって
そとに
でる！
ピ
ピカ
ピカー

このことは
だれにも
はなしては
いけない
はい
秘密の
儀式に参入し、
葬式に
出席できる
資格ができたのだ。
無心の状態になる
というのか
いや……
なにものかが
憑《つ》いたと
いうのか。
踊りは
リズムに合い
百年前から
踊っている
ような
自然さで
ぼくとコリラ氏は
踊り出した。

やがてカミサマ「トンブアナ」の登場となる。同時に太鼓は一段と強く鳴りひびきトペトロの親類一同は、
とくに力が入った。というのも前日袋に入れて三万円ずつ二十人くらい全員に配ったからだ。
ドドドコンドン
ドドドコン
これはみんな金がないために〝葬式〟ができない、という
水木の考えなのだが、その考えの中に不思議にトペトロの考えが入っていることにあとになって気がついた。
やはり死者の考えが生者の中に入ってきて操作するのだろうか……。

やがて踊りは終わり、コリラ氏の指示で、
シェル＝マネー（貝貨）を全員に配らなければならない。すなわちプレゼントするのだ。
ウワー
ギャ
どうだきょうのそうしきは？
あっベリイグッド
ヨカッタ
では記念撮影を……モモーッ！

ヤット オワッタ ……
ふ
ホテルで支払いをしようとすると、
CASHER
すべて かねは もらってる
いや六人分 四日間の分 だが……
もう もらって いる
おかしいなァ
どうしたんでしょ?
すべて トペトロの〝れい〟の しわざでしょう
〝霊〟の しわざ?

まあね はは はは……
コリラさん 私の部屋に 来られますか?
目にみえない“霊”がいて それが気づかないうちに 人間に作用し 本人が気づかない間に 奇妙な結果が 生まれる…… といったことが あるのではないかと 長年思って いたが…… やはり……
おわかりに なり ましたか
わたしは トペトロのちい《地位》 すなわち 「ルルアイ」に なったのです すなわち あと つぎました
あっ 二代目 トペトロ だったんですか

トペトロのやつそんなに偉かったのかなァ
そうです
どうも私はトペトロの意志に動かされているような気がします
彼はまさか秘密結社「トンブアン」の長老を長年やって〝死後の生〟みたいなものを手に入れたんじゃないでしょうね
〝しごのせい〟というとわかりにくい
〝しごのれい《霊》〟といえばよくわかります
するとやはり〝トペトロの霊〟の指示で!?
あなたはきづいていなかったのですか? そうしきはまったくかれのしじでした
やっぱり!!
トライぞく《族》ではみえるものとみえないものがおたがいにきょうぞんしているのです

ちきゅうじょうに いれかわり たちかわり こうごに うごいて いないと せいめいは なりたち ませんからネ
なるほど
おたがいに〝みえないもの〟と なかよく しなければ こうふくに なれません
「トンブアナ」は その なかだち です
なるほど
トライぞくは 「トンブアナ」を つうじて こうふくに なってゆくの ですヨ
あくる日 ラバウル 空港で 〝霊〟と さよならを した……。
RABAUL AIRPORT

Air Niugini
そして一行は
パプア＝
ニューギニアの首都
ポートモレスビー
にゆく。
着くと……。
Air Niugini
ガヤ
ガヤ
ガヤ
みずきさん
あなた
ひとりだけ
オーストラリアの
ビザが
ありませんから
ケアンズについても
ホテルには
とまれませんよ
英語の
へたなオレが
また
なんで
一人……
ひとり
のこりなさい
そうすれば
わたしたちが
ビザを
とって
……
つぎの
ひこうきで
おくります
から
大丈夫
ですか？

だいじょうぶ
です
これだけの
人が
大丈夫
だというの
だから
大丈夫だわ
というので
一同ケアンズに
発つ。
しゃしんや
に
ゆきましょう
写真屋で
ビザ用の
写真を
撮り、
大使館に
行き
空港の
ビジネス
クラスの
休憩室で
待った。
ニュー
ギニアの
人は
親切
だなあ
と思っていると
休憩室の人は
一人減り
二人減りして
水木一人と
なった。
これは
いくら
なんでも
おかしい!

見ると
係員は
大勢のお客に
とり囲まれて
なにかしている。
飛行機は
どうなった
んだー!
うおーっ
と言うと、
搭乗ゲートに一直線。
しかし……。
すみません
ひこうきは
とびたった
あとです
ギョ
ギョギョ
のギョー
ぼくは
どうなるん
だーっ!?
しんぱい
しなくても
いい
あしたが
ある
タハッ
トペトロの
〝霊〟がいて
係員の脳ミソを
刺激すれば
こんなことにも
ならなかったの
だが……。

〝霊〟とはラバウルで別れているから御加護はないらしい。
仕方なく一人でホテルに泊まらされた。
ホテルはボイラールームの隣りでやかましくて寝られない。
ゴルゴル
ゴルゴル
ギギーン
ギギーン
ギ
こりゃあどうしたことだ?
ボーイに移動を申し出てみるが〝霊〟の御加護にみはなされているから……。
まんしっです なにもないです
やっぱりラバウルまではトペトロが守ってくれたのかなア?
……と自問自答してみたが、一睡もできず。
ゴルゴル
ゴルゴル
ギギーン
ガガガガ

あくる日
一日遅れで
一人
ケアンズで
乗りかえ、
〝日航〟に
乗ったときは
ホッとした。
JAPAN AIR LINES
JAL
JAPAN AIR LINES
ああ
これで
やっと
帰れそうだ
ケアンズでは
みな
心配して
いたのかも
しれん

ふと二週間ぶりに日本の新聞を見ると、こんなことが書いてあった。

ふーんなるほど……ネ
「私たちを底深く動かしているもの……人生の見えない〝芯〟を形づくっているものは、
私たちの意識より一段と深いところにあるらしい……

という思いが年ごとに強まる」

と日野啓三という老先生が書いていた。そして……。

「私たちは社会的に自由でなければならないし、内的にも自由でありたいと考えるが……

ギリギリのところ少なくとも私は自由ではない、深い自分自身から自由ではない」

なるほど
その一段と
深いところに
〝内なる霊〟
という
文字を
入れたら
どんなもの
だろう……
要するに
トペトロは
ルルアイと
して、
そういう葬式を
したかったのだ。
それにしても
「トペトロの葬式」は
考えれば
考えるほど
ぼくにとっては
不思議な葬式
だった……。

あとがき

土人、〝森の人〟たちとの奇妙な交流の話を、そのまま捨てておくのももったいないと思って、一冊の本にしてみた。

私は幸運にも、健康で生きながらえているが、戦争中からたくさんの人々が去って行った。

そしていままた〝森の人〟たちまでが一人ずつ去っていき、最後は火山の大爆発で思い出とともにすべては消えてしまうわけだ。

すべてが消えてしまったところへ、もう一度行ってみようと思っている。

しかし人生はあがいても誰もが幸福になれるというわけでもないようだ。

〝森の人〟のように、貧乏でもごく自然に生きるのがいいのかもしれない。

私は五十年間彼らの生活を見てきた。「貧乏人はどうしたら幸福になれるか」という〝幸福観察学会〟の命題も併せて検討していたようである。

幸福観察学会というのは、人間の幸福には〝霊〟が関係しているのではないか、ということが主旨であった。どうもそれは本当らしい。妖怪の背後にも〝霊〟があることがわかり、幸福観察学会は〝妖怪人類学会〟という名に変わるわけである。「妖怪」となっているが、本当は〝霊〟、すなわち人間と異なった発達をした宇宙の知性体の信号なりなんなり（わけのわからんようなこと）を形でつかまえたり、音でつかまえたりして、正体を確かめてみようというわけで、実をいえば、妖怪研究の延長線上にある。

妖怪を知ろうと思って、つい〝宇宙〟にまで行ってしまうわけである。

いずれにしても〝森の人〟との五十年は、いろいろと考えさせられるものがあった。

水木しげる

一九九五年七月

単行本『トペトロとの50年』一九九五年七月　扶桑社
文　庫『トペトロとの50年　ラバウル従軍後記』二〇〇二年七月　中公文庫

本書は文庫『トペトロとの50年　ラバウル従軍後記』を底本とし、単行本に収録された図版や写真等を加えて再編集したものです。以下の二作品を特別収録しました。

エッセイ「娘よ　あれがラバウルの灯だ」
初出：「中央公論」一九七三年九月号　中央公論社
マンガ「トペトロの葬式」
初出：「ビッグゴールド」23号　一九九四年十月　小学館

本文中、現在の人権意識に照らして不適切と思われる語句や表現がありますが、著者が故人であり、執筆当時の時代背景をできるだけリアルに描こうとした作者の意向を尊重し、そのままの表現としました。

水木しげる

1922年（大正11）生まれ。鳥取県境港市で育つ。太平洋戦争中に召集され、ラバウルで左腕を失う。復員後、輪タクの親方、アパート経営、紙芝居作家を経て、貸本向け漫画を描き始め、1957年『ロケットマン』でデビュー。65年『テレビくん』により第６回講談社児童まんが賞、89年『昭和史』により第13回講談社漫画賞受賞。91年、紫綬褒章、2003年、旭日小綬章受章。07年、『のんのんばあとオレ』により、第34回アングレーム国際バンド・デシネ・フェスティバル最優秀コミック賞を受賞。2010年、文化功労者となる。2013年、講談社より「水木しげる漫画大全集」の刊行が開始される。主な著書に『ゲゲゲの鬼太郎』『河童の三平』『悪魔くん』『総員玉砕せよ！』など多数。2015年11月死去。

水木《みずき》しげるのラバウル従軍後記《じゅうぐんこうき》

——トペトロとの50年《ねん》

2022年３月10日　初版発行

著　者　水木《みずき》しげる

発行者　松 田 陽 三

発行所　中央公論新社

〒100-8152　東京都千代田区大手町1-7-1
電話　販売 03-5299-1730　編集 03-5299-1740
URL https://www.chuko.co.jp/

ＤＴＰ　平面惑星
印　刷　大日本印刷
製　本　小泉製本

Published by CHUOKORON-SHINSHA, INC.
Printed in Japan　ISBN978-4-12-005514-0 C0095

水木しげるの本

水木しげるの戦場　従軍短篇集

昭和十八年召集、兵士として過酷な日々を過ごし、ラバウルの戦闘で味方は全滅、自身は爆撃で左腕を失う。実体験に基づく傑作漫画戦記集。〈解説〉呉 智英

中公文庫

水木しげるの不思議旅行

様々な妖怪が人の運命を変えてゆく。隠れているもの、身辺にいるのに見えないもの……この世とあの世を結ぶ22話。『怪感旅行』改題。〈解説〉呉 智英

中公文庫

ゲゲゲの鬼太郎　全9巻

幼い頃、人間の手で育てられた鬼太郎は、ついに自由と友だちを求めて旅に出た——鬼太郎誕生の秘密に迫る作品や長篇を収録。〈解説〉呉 智英ほか

中公文庫

マンガ日本の古典 今昔物語（上・下）

呪術・幻術が渦巻き、霊鬼・異類が跳梁した平安時代の闇を語る日本最大の説話集。妖怪マンガの第一人者が、あなたを不可思議の世界へといざなう。

中公文庫・ワイド版